走近郦道元

景元平 ⊙ 著

中国文史出版社
CHINA CULTURAL AND HISTORICAL PRESS

图书在版编目（ＣＩＰ）数据

走近郦道元 / 景元平著 . -- 北京：中国文史出版
社, 2024. 9. -- ISBN 978-7-5205-4768-0

Ⅰ. K825.89

中国国家版本馆 CIP 数据核字第 2024HU6950 号

责任编辑：　徐玉霞

出版发行：中国文史出版社
社　　　址：北京市海淀区西八里庄路 69 号院　邮编：100142
电　　　话：010-81136606　81136602　81136603（发行部）
传　　　真：010-81136655
印　　　装：河北京平诚乾印刷有限公司
经　　　销：全国新华书店
开　　　本：1/16
印　　　张：15
字　　　数：200 千字
版　　　次：2025 年 1 月第 1 版
印　　　次：2025 年 1 月第 1 次印刷
定　　　价：59.80 元

序一

揣振宇

好友景元平的《走近郦道元》即将付梓，由衷地为他感到高兴！

我对这本书的进展比较熟悉，因为作者在写作过程中多次致电邀我作序。我考虑到在中国社会科学院工作期间主要做民族学方面的工作，对郦道元和《水经注》没什么研究，加之已退休十年，身体也略有"欠佳"，故而婉言推辞。可是景兄颇为诚恳，不断地跟我分享写作进度，并先后将多个修改版发到我的邮箱。今年夏末，我在身体恢复的情况下终于将定稿读了一遍，颇有感触，决定要为这本书写上几句。

郦道元是我国古代著名的地理学家，对他本人和《水经注》的研究已经成为专门的学问。历史上，顾炎武、全祖望、王国维、郑德坤、杨守敬、陈桥驿等大学问家都曾为研究郦道元和《水经注》付出了巨大的心血，取得了不俗的成绩。世人皆知《水经注》是绝代名著，也大都知道郦道元其名，但是对他生平事迹中的一些重要问题，甚至是基本信息仍然不甚了了。对于如此重要的一位历史人物，我们的所知实在是太有限了！

读完作者的前言，我便被作者强烈的问题意识所吸引——郦道元的出生之谜、家世之谜、故里之谜、仕途之谜，这么多的问题一千多年来都没有定论，这对于我们在新的历史条件下推进郦学研究是极大的遗憾，对于广大读者了解郦道元是很大的障碍。所谓"山高自有客行路，水深自有渡船人"，好在一直有研究者对郦道元感兴趣，愿意焚膏继晷、兀兀穷年去解开这些谜题。

在《走近郦道元》这本书里，作者以前人的研究为基础，在尽可能穷尽史料的前提下对有关郦道元的几个谜题展开了抽丝剥茧的分析，提出了令人信服的解答。例如认为郦道元生于北魏孝文帝延兴二年，即公元472年，故里在今河北省高碑店市境内。郦道元出身范阳世家，祖上曾有几代人追随慕容氏，他本人则在北魏孝文帝、宣武帝、孝明帝期间经历宦海浮沉，跟当时政坛几位重要人物也有着较为密切的联系……拜读《走近郦道元》，仿佛跟随作者经历了一次又一次的"大胆假设、小心求证"，对于郦道元的人生轨迹和心路历程的理解都得到了显著加深。

书稿读起来令人颇感轻松，一来篇幅并不太长，二来作者行文张弛有度。他既不会故弄玄虚制造紧张气氛，而是有几分材料说几分话，也不会平淡地记流水账，而是采取旁征博引加合理推测的形式娓娓道来，引人入胜。这本书不仅对于郦道元的研究者有一定的启发作用，对于郦学的普及、郦道元文化的广泛传播更是有着不容忽视的参考价值。

作者来自高碑店市，与我是河北同乡。通过多年交往，我了解到他数十年来一直在党政机关工作，却出于对于地方文化的热爱，将几乎全部业余时间投入写作之中，旨在光大河北地方文化，尤其是深入挖掘高碑店的历史资源。去年春天，景兄耗费多年心血写成的《王树楠传》面世，随后他就笔耕不辍，转入《走近郦道元》的写作。王树楠和郦道元都是高碑店的历史文化名人。为他们立传扬名，对于热爱家乡、热爱历史文化的人来说，可谓责无旁贷。

通过《王树楠传》和《走近郦道元》的相继问世，我们不难体会作者的写作初心。高碑店作为历史上的燕南赵北之地，活跃过许多慷慨悲歌之士。希望元平先生能够再接再厉，为高碑店、为河北的文化建设不断作出新的贡献！

是为序。

2024年夏末于京西芙蓉里

序二

崔玉谦

呈现在读者面前的《走近郦道元》，是一部记述北魏著名地理学家郦道元家世和生平的人物传记。单就该书的篇幅和字数而言，与时下流行出版的动辄大几十万字的名人传记相比，算不上"大部头"的作品。但在阅读书稿之后，给我的第一感觉是：这是一部颇具分量的作品。

我的生活经历相对简单，用一句话来概括，就是从学校出来然后又迈入校园。在读书方面，虽然相较于本书作者而言我算是后辈后学，但多年来的遨游书海让我对读书有了许多感受和体会。

随着我国经济社会的高速发展，文化事业也有了长足进步，特别是书籍的数量和种类繁多，多到有时甚至不知该从哪部书读起。关于图书，用眼花缭乱来形容似乎稍显夸张，但读书时做选择不易确是常有之事，尤其是去资料室、图书馆时，这样的感受尤甚。在我的读书经历中，有这样两种感受：有些书读起来一目十行，甚至直接一翻而过；而有些书则是读过一次还想再读，边读边思考，甚至是字斟句酌。为什么会有这样大的区别呢？对此笔者不想概而论之，毕竟读书的经验属于主观性的认识和感觉，每个人不会完全一样。在这里我想说的是，读《走近郦道元》这部书的感觉就属于后者，即边读边思考，这也是我认为此书分量颇重的原因所在。

作为一名历史方面的研究者，我对人物传记及相关形式的著作读得并不是很多，在这方面的思考也有限。但读完这部《走近郦道元》后，有些话还是想在此与读者分享一下。

郦道元是著名历史人物，虽然这个定位有点大而化之，但相信大家都是认同的，因篇幅所限，这里不作人物评价。具体到燕赵文化，抑或是保定历史文化或地域文化，郦道元一定是有"一篇"的！从人物的角度再到郦学，即《水经注》学，郦道元的历史地位已被相关学界所公认。《走近郦道元》这部书，其定位是在史书缝隙中去"探寻"，探寻什么呢？探寻四个方面的谜团：家世、故里、出身、仕途。事实上，书中探寻的谜团不仅仅有这四个方面，只是这四个谜团更加突出而已。目前，郦道元的家世和生平确实还存在一些谜团。如果从影响深远，甚至今天独树一帜的郦学，即《水经注》学角度来看，这些谜团或许显得不那么重要；如果从燕赵文化，抑或是保定历史文化或地域文化的角度来看，这些谜团也不影响郦道元这"一篇"的存在。既然如此，作者为何还要费劲爬梳去探寻呢？我觉得至少有以下两个方面的原因：首先是乡梓之情使然。关于这方面，作者在文中已有阐述，我在此就不再多言了。其次是基于地方文化研究的自觉。郦道元是河北保定著名的历史人物，但翻阅史料，有关郦道元家世和生平的记载寥寥，且较为粗略。因此，对郦道元的家世和生平作进一步深入研究，本就属于地方文化研究的分内之事。本书作者正是出于这样的文化自觉，才花费很大力气做了这件事情，在此需要为他点个赞！

我曾于几年前做过督亢文化的初步研究，当时有任在身，虽然最终作出了一些成果，也有一定反响，但个中滋味唯有自知，最突出的感受是俩字：真难！地方文化的研究，不论从学术界的前期积累还是其定位而言，都存在太多的模糊空间，也正因如此，客观上加大了研究的难度。从这一点来说，本书作者的探寻之路注定是艰难的，但从结果来看，其探寻之路最后不仅有了结果，而且这一结果能够经得住反思与审视，应该说是件很令人欣慰的事情。本书的定位虽然是"探寻"，但在结构把握以及内容安排上，采取了人物记述的连贯形式，章节的结构设计便于内容的展开与讨论。章节的数量安排也恰到好处，太多读起来不易，偏少不利于内容展开，作者的安排体现出了清晰的、人性化的思路。附录部分虽然是常见的史料，但从读者的角度往往能起到有效的帮助作用，这一点足见作者的用心。关于内容，笔者不便进行剧透，但想说一点：既然是探寻，不到之处不可避免，探寻的过程或结果有偏差也好，有局限也罢，作为读者想必能够接受。因为探寻即意味着不确定性，尤其在双向不确定的情况下，能够探寻出一种合理的结果已经是最佳的结果了，这样有利于后人在此基础上进一步探寻，仅从这一点来说，便应该予以充分肯定。

　　这部书会有哪些读者看到，我当然不得而知。但我想说的是，不论是哪位读者从哪些角度或主观选择来看这部书，大家一定会和我一样有如下的认知：探寻即是给后人探路，如果受到一些启发便可体现出书的价值，如果对书中有些内容有自己不同的看法，那就让我们继续探寻吧！以上是我的一点私见，供大家读书时参考。

2024 年 7 月写于保定

目 录

前　言

　　为郦道元写一部传记，这一想法始于五六年前。当时我正在撰写《王树枏传》，在搜集、整理资料的过程中，顺便阅读了一些有关郦道元的史料和文章。令我感到诧异的是，史书对郦道元这位伟大的地理学家不仅记载很少，而且表述粗略，甚至有些地方相互矛盾。或许是好奇心使然，我的脑海中忽然闪过一个念头：等以后有了时间和精力，一定要好好研究一下郦道元这个人，并为他写一部传记。当然，这样的想法也只是一闪而过，因为我知道，以自己的学识和能力，若将这一想法变为现实，难度太大了。

　　说起郦道元，我们每个人都不会陌生。凡是读过中学的人，无论是在地理、历史还是语文课堂上，都会听到郦道元的名字及他的不朽名著《水经注》。

　　郦道元是我国南北朝时期的北魏官员，同时还是著名的地理学家和文学家。他撰写的《水经注》堪称不朽之作，虽历经千年岁月洗礼却越发璀璨夺目。为此，他被公认为我国古代最伟大的地理学家，同时也被国际上誉为中世纪最伟大的地理学家。千百年来，涌现出了众多校勘、注释和研究《水经注》的中外学者，以至于后世逐渐形成了一门专门学问——郦学。

对于这样一位伟大的历史人物，史书中的记载却很少。在《魏书》中，郦道元的传记只有寥寥三百零九个字，显得过于简略。在《北史》中，郦道元的传记也不过六百一十二个字，其中还包括抄录《魏书》的三百零九个字。再看后世有关郦道元的传记，相较于《水经注》的研究、注释而言，可谓少得可怜。在为数不多的有关郦道元的"评传"及"传略"中，作者基本上把重心放在对《水经注》的分析研究方面，而对于郦道元的家世及本人生平则是粗略记述或是一带而过，鲜有翔实的记载。

因此，时至今日，我们对郦道元的了解还大多停留在史书中那几百字的简要记载上，对他的家世和生平知之甚少。比如，郦道元出生于哪一年？他的生母是谁？他家乡的准确位置在何处？郦氏家族的迁徙过程是怎样的？郦氏家族与慕容鲜卑有着怎样的历史渊源？郦道元究竟到过哪些地方？……凡此种种，史料中或没有确切结论，或语焉不详，或鲜有提及，或存在争议。

著名历史地理学家陈桥驿先生在《郦道元评传》一书中说："中国历来的习惯，正史无传或正史传记简略的知名人物，总是由地方志来补充正史的不足。郦道元是河北人，这是河北的光荣，但也是河北的责任。……如何为这位伟大人物写上一篇详细的传记……无疑是一个重要的任务。"对陈桥驿先生的说法，笔者深以为然。虽然本人并非历史、地理研究的专业人士，更非郦学家，但身为河北保定人，出于对郦道元的敬仰和对《水经注》的热爱，为这位伟大的历史人物写一部传记的想法越来越强烈。

当我真的决定写这部书时，心中充满了忐忑和焦虑，因为我深知撰写这样一部作品绝非易事。如前所述，我既不是郦学家，也不是历史、地理研究的专业人士，充其量也只能算一个"票友"而已。对于能否驾驭这一题材，能否写好这部作品，心中没有多少把握。经过反复思考，我最终决定还是要写这本书，因为我知道，如果自己现在知难而退，可能会遗憾终生。

常言道："万事开头难""一年之计在于春"。在2023年春暖花开之际，我毅然打开电脑，开始了自己的创作。虽然此前已无数次构思过这部作品的框架，但此时此刻，我又一次陷入深深的思考。

对于郦道元这样一位伟大的历史人物，究竟如何去写？

郦道元之所以被后世关注和纪念，是因为他撰写的《水经注》使他成为伟大的地理学家。静坐桌前，我在想一个问题：假如我们能穿越回一千五百年前的北魏，当面问问郦道元最想成为一个什么样的人，很难想象他会如何回答。但有一点可以肯定，他一定不会说自己想成为一个地理学家。在他生活的时代，地理研究并非主流学问，况且撰写《水经注》只是郦道元的业余爱好，而他的主业是北魏的朝廷官员。他是一个心中充满大爱之人，一生追求的目标是国家统一，人民安定、富足。他虽然仕途坎坷，却初心不改，勇毅前行，直至献出了自己宝贵的生命。郦道元的拳拳报国之心可昭日月，著书立说绝非其终极人生目标。

当然，写郦道元不可能离开《水经注》。从某种意义上说，《水经注》也可以算作郦道元的自传。但是，要写好郦道元的生平，又不能完全拘泥于《水经注》的框架之中。因为本书要记述的是人、是历史，而非河流水系，亦非《水经注》的研究与注释。更何况历代郦学家对《水经注》的研究已有了非常多的成果，自然不需要我这个"槛外人"来狗尾续貂了。

思来想去，我为这部书的写作定下了以下四条原则：其一，就整体构思而言，注重将郦道元及其家族置于南北朝这一大的历史背景之中去观察和描写，力求有一定的历史高度和较为宽广的视角；其二，就写作的脉络而言，大体上按照时间顺序来记述郦道元的人生历程，同时记述不同历史阶段的相关人物和事件，使章节之间尽可能保持连续性和完整性；其三，就对人物的理解与刻画而言，力求从人性的角度来分析和展示人物的性格特征以及处理各种问题时的内在心理逻辑；其四，就写作的态度而言，对于史书并未记载的一些悬而未定或是有争议的问题，本着认真科学的精神加以探讨，力求达到既符合历史文献记载，又合乎人物与事件发展的规律和逻辑。

总之，本书拟透过历史的视角，用人物评传的形式，将郦道元华彩而又令人扼腕叹息的一生展示给读者。由于我本人历史、地理知识有限，所掌握的资料也不是很充分，加之缺乏相关的专业研究经历以及写作能力的局限，书中定会出现一些差错或疏漏，恳请读者朋友们批评指正，在此深表感谢！

景元平

2023年3月

第一章

从乐浪府君说起

余六世祖乐浪府君，自涿之先贤乡爰宅其阴，西带巨川，东翼兹水。

——《水经注》

　　"乐浪府君"这四个字，是郦道元在《水经注》中对自己六世祖的称谓。或许有人会问，既然本书的主角是郦道元，有必要从他的六世祖讲起吗？笔者以为是有必要的，甚至可以说很有必要。因为从已知的史料来看，郦道元的六世祖乐浪府君，对于郦道元乃至整个郦氏家族的命运而言，有着至关重要的影响。若想解开萦绕在郦道元身上的诸多历史谜团，就需要找到一把或几把开锁的"钥匙"，其中最重要的一把，或许就藏在郦道元六世祖乐浪府君身上。

　　那么乐浪府君到底是何含义呢？我们先从"府君"两个字讲起。在汉朝乃至南北朝时期，"府君"一词是对太守职务的尊称。东汉末年有一首著名的乐府诗《孔雀东南飞》，其中就有"还部白府君""府君得闻之"等语句，所言"府君"便是太守的代称。及至唐朝以后，特别是明清时期，"府君"一词常常出现在墓志中，成为对过世男性长者的泛称。古人对先辈的称谓颇为讲究，一般只称呼爵位或官职，不能直呼其名或字。很显然，生活在南北朝时期的郦道元，在《水经注》中称自己的六世祖为"乐浪府君"，是在告诉我们，他的六世祖曾经担任过乐浪郡的太守。这就引出了若干相关问题：郦道元的六世祖究竟姓甚名谁？他所担任太守的乐浪郡究竟在哪里？这个乐浪郡当时属于哪个政权？郦道元的六世祖是在何时又因为何事去往了乐浪郡？郦道元的祖先迁徙过程是怎样的？他的六世祖乐浪府君是在什么情况之下迁居的？迁出地和迁入地分别是如今的什么地方？对于以上诸多问题，史书中记载寥寥，郦学家的著述也鲜有提及。

由于史书对此记载不详，因此我们只能从史书的缝隙中去寻找蛛丝马迹，抽丝剥茧，梳理出一些头绪，试着将已尘封一千多年的郦道元的家世呈现出来。

第一节 乱世中的乐浪郡

让我们徐徐展开泛黄的历史画卷，试着还原一下自汉代至南北朝数百年间乐浪郡的沧桑过往吧。

西汉元封三年（前108年），汉武帝刘彻派大军远征朝鲜，攻灭了汉朝叛将卫满建立的"卫氏朝鲜"政权，并在其旧地置郡统治，设立了乐浪、临屯、玄菟、真番四郡，合称为"汉四郡"。其中，乐浪郡为四郡之首，治所在平壤。西汉末年，绿林军起义，中原大乱，乐浪郡土著汉人王调趁机杀掉了太守刘宪，自称大将军、乐浪郡太守。至东汉时期，光武帝刘秀派王遵前往乐浪郡平乱，杀死王调，

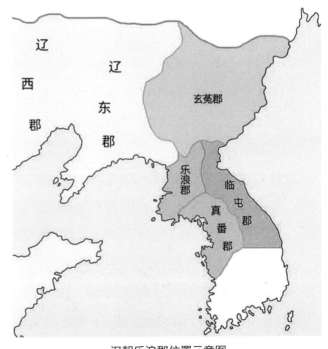

汉朝乐浪郡位置示意图

王遵任乐浪郡太守，随后吴凤、张岐、凉茂等相继担任乐浪郡太守。三国时期，公孙度、公孙康、公孙渊祖孙三代先后统治辽东五十余年，后被曹魏平定。依循公孙渊所置，曹魏以辽东、乐浪、带方、玄菟等郡成立平州，治所襄平（今辽宁省辽阳市）。隶属平州的乐浪郡成为曹魏的极东之郡，鲜于嗣、刘茂先后担任乐浪郡太守。

晋武帝司马炎称帝后不久，西晋发兵建康（今江苏南京），一举灭掉了东吴，东汉末年以来分裂百年的中国实现了统一局面。然而好景不长，一世精明的晋武帝司马炎竟然将帝位传给了能说出"何不食肉糜"之语的傻儿子司马衷（史称晋惠帝）。司马衷继位后，皇后贾南风专权，致使皇权旁落，引发司马家族的互相残杀。先后有汝南王司马亮、楚王司马玮、赵王司马伦、齐王司马冏、长沙王司马乂、成都王司马颖、河间王司马颙、东海王司马越八个藩王作乱，史称"八王之乱"。"八王之乱"不仅使当时的社会经济遭到严重破坏，也开启了此后中国近三百年的大动乱时期。

直接导致西晋灭亡的是匈奴人刘渊发动的"永嘉之乱"。西晋永兴元年（304年），南匈奴贵族刘渊趁西晋朝廷内乱，在左国城（今山西离石县）起兵反晋，建立了汉赵政权。随后，刘渊先后两次攻打西晋都城洛阳未克。西晋永嘉五年（311年），刘渊之子刘聪率军攻陷了西晋都城洛阳，俘获晋怀帝司马炽（两年后被杀），杀王公士民十万余人。尽管永嘉七年（313年）晋怀帝司马炽的弟弟司马邺在长安即皇帝位（史称晋愍帝），但这对于摇摇欲坠的西晋王朝而言已属苟延残喘。三年后，刘渊的侄子刘曜攻入长安，杀死晋愍帝司马邺，西晋王朝正式灭亡。

西晋灭亡后，中国历史开启了东晋十六国的混乱时代。其中南方是由西晋皇族琅琊王司马睿在建康建立的东晋政权；而北方的匈奴、羌、氐、羯以及鲜卑等少数民族政权你方唱罢我登场，开启了持续一百多年"五胡乱华"的混乱局面。

在五胡十六国及南北朝的数百年乱世之中，距中原地区千里之外的乐浪郡也未能幸免。这一时期的乐浪郡可谓命运多舛，在各个政权之间的反复争夺之中，竟然还出现过两个"乐浪"并存的情况。要说清此事，还得从十六国的主角之一慕容鲜卑讲起。

十六国的称谓始于北魏崔鸿所著《十六国春秋》，主要包括前凉、后凉、南凉、西凉、北凉、前赵、后赵、前秦、后秦、西秦、前燕、后燕、南燕、北燕、夏、成汉。事实上，在五胡乱华期间建立的少数民族政权不仅这十六个，还有西燕、冉魏、北代、仇池、吐谷浑等。如果要从五胡十六国的历史大剧中评选一个"最佳人气奖"，笔者以为非鲜卑慕容氏莫属。也许有人会有不同看法，认为应该是曾短暂统一北方建立前秦的氐族人苻坚，或者是从奴隶到皇帝、建立后赵的羯族人石勒，抑或是后来创建北魏王朝的拓跋鲜卑以及建立北周的宇文鲜卑。对此，笔者不想争论。因为笔者想表达的意思是，在这一历史时期，慕容鲜卑的戏份太多也太抢眼了。屈指一数，在十六国时期，仅仅由慕容鲜卑建立的政权就有前燕、后燕、西燕、南燕，史称"慕容诸燕"，而北燕的开国皇帝高云（慕容云）也是后燕皇帝慕容宝的养子，后被冯跋取代。"慕容诸燕"特别是前燕和后燕，虽没有最终完成统一北方的大业，但他们上演的从东北一隅到挺进中原，从灭国到复国的悲壮历史大剧可谓波澜壮阔，其中的"明星"人物，诸如雄才大略的慕容廆、文武兼备的慕容皝、号称五胡十六国第一名将的慕容恪、韬光养晦并成功复国的慕容垂等人，在那段混乱而瞬息万变的历史中，均焕发出了自己特有的光彩。以至于后世的金庸先生在《天龙八部》中，塑造了一位心心念念恢复大燕的慕容复这一生动角色，想必金庸先生对这段历史是感触颇深的。

事实上，史书对乱世中的乐浪郡记载很少。永嘉之乱后，偏安南方的东晋朝廷对远在东北的乐浪郡已是鞭长莫及，很难再直接任命乐浪郡太守。而乐浪郡的管辖权名义上归属雄踞辽东的慕容廆。之所以说是"名义上"，是因为这一时期的乐浪郡很多时候为高句丽所占据。

《资治通鉴》记载，在永嘉之乱后，辽东人张统凭据乐浪、带方二郡，与高句丽连年交战。乐浪郡被高句丽攻破后，张统率部归顺了前燕的奠基者慕容廆。这个张统就是曾经"一马踏乌桓"的三国名将张辽之孙。慕容廆为了显示对乐浪郡的管辖，在辽西地区侨置乐浪郡，任命张统为侨置乐浪郡的太守。

从此以后，实际上就有了两个乐浪郡：一个是高句丽占据的位于大同江流域的乐浪郡，治所在平壤；另一个是前燕政权在辽河以西昌黎郡内设置的侨乐浪郡，又在侨乐浪郡内侨置了朝鲜县。后来，东晋为了与高句丽建立更密切的关系，授予高句丽王乐浪公的爵位。而前燕不仅常置侨乐浪郡，还在慕容儁称帝后又以乐浪为封国。侨乐浪郡一直延续到前燕乃至北燕。再后来北魏灭掉北燕，仍然保留了侨乐浪郡的设置。

那么郦道元在《水经注》中所说的"乐浪府君"到底是哪个乐浪郡的太守呢？

据专家考证，自汉末至南北朝时期，有文字记载的乐浪郡太守有十五位，分别是刘宪、王调、王遵、吴凤、张岐、凉茂、鲜于嗣、刘茂、张统、裴嶷、鞠彭、馀句、游鳝、赵隗、慕遗。从这份名单中，我们并未发现有郦姓官员的名字。以郦道元著述之严谨，绝不会妄言此事。那么问题来了，郦道元的六世祖是何时担任乐浪郡太守的呢？在他身上又有哪些鲜为人知的"秘密"呢？

虽然史书中未记载郦道元六世祖的生卒年月，但按照其后代的年龄推算，他生活的年代应主要在西晋末年至东晋五胡十六国时期，其青壮年时期也是前燕开始发展壮大的时期。由此不难推定，郦道元在《水经注》中所说的乐浪郡，不可能是被高句丽占据的乐浪郡，而应该是前燕慕容氏的侨乐浪郡。郦道元六世祖"乐浪府君"担任的职务应当是前燕治下的侨置乐浪郡的太守，这一点从郦氏族人此后一百多年追随慕容鲜卑的历史也可以得到佐证。关于郦氏家族与慕容鲜卑及拓跋鲜卑的交往，本书后面还有更多记述，此处不再赘言。

既然如此，那为何郦道元六世祖担任乐浪郡太守之事未见史书记载呢？事实上，在张统担任侨置乐浪郡太守之后的六十多年中，史书中很少出现前燕治下乐浪郡守的记载。有粗略记载的只有两人，即裴嶷和鞠彭。细忖之，之所以出现这种情况，原因大抵有三：其一，以晋朝为正朔的汉人史家不屑于详细记录北方"胡人"的历史，况且侨置乐浪郡太守并未经过东晋朝廷的任命；其二，当时北方"五胡"相互征伐不断，前燕政权又偏居辽东苦寒之地，引起的关注自然不多，何况仅仅是侨郡太守之职；其三，当时的慕容鲜卑和许多北方少数民族一样，并没有用文字记录历史的习惯，因而造成后世的记载出现一些疏漏也在所难免。

这就引出了另一个问题，世代服官于汉人政权，长期居住在河南、河北的郦氏家族，是在何时又因何事委身于东北慕容鲜卑的呢？这就要从郦氏家族的历史说起了。

第二节 郦氏家族的选择

郦姓在我国是一个古老的姓氏。据郦氏族谱记载，郦氏乃黄帝后裔，其祖先是西周功臣，曾被封爵。到了西汉时期，郦氏家族中的代表人物有两个：一个是郦食其，另一个是他的弟弟郦商。此二人在司马迁的《史记》中均有传记。作为刘邦的重要辅臣，郦食其为刘邦屡进良谋，游说四方，厥功至伟。可惜在劝降齐王时，因韩信偷袭齐国，郦食其为齐王所疑，惨遭齐王田广烹杀。所谓烹杀是指古代的一种酷刑，就是将人活活煮死，应该说郦食其死得很惨。对于郦食其的死，刘邦既伤心又惋惜，他破格封郦食其的儿子郦疥为高梁侯，后改封为武遂侯，传承三世。郦食其的弟弟郦商跟随刘邦东征西讨，屡立战功，被授予梁国相印，封涿侯，后改封曲周侯。此后，郦食其的后代多在汉朝为官。王莽夺取帝位后，世居陈留（今河南开封）的郦氏家族离开了故土，迁往新蔡（今河南省新蔡县）。到了东汉熹平六年（177年）前后，郦食其的十五世孙、东汉著名诗人郦炎率族人从河南新蔡迁居至河北幽州涿郡。魏晋以后，涿郡改称范阳郡，北魏时期，范阳郡治下有涿县、范阳县、苌乡县、方城县、遒县、故安县、容城县等。范阳郡的治所在涿县，而范阳县的治所在今河北省定兴县固城镇附近，这也是后世围绕范阳具体在何地而发生争论的缘由之一。

郦炎率族人从河南迁至河北居住一百多年后，郦氏家族不得不又一次做出迁徙的选择，导致其再次迁徙的直接原因是西晋末年发生的永嘉之乱。

前文已提到过，西晋永嘉五年（311年）前后，发生了永嘉之乱，致使中国北方大部落入了匈奴人建立的汉赵政权之手。为躲避战乱，一部分北方汉人追随东晋政权南迁，史称"衣冠南渡"；另有一部分北方汉人大族选择留在了北方，如清河崔氏、范阳卢氏、博陵崔氏、赵郡李氏等。那么同为北方汉人大族的范阳郦氏家族又做出了何种选择呢？

此时的郦氏家族已传至九十二世，分为两支，其代表人物分别是郦性与郦怀。郦性和郦怀是堂兄弟，或谓之"叔伯兄弟"，也就是人们常说的"一爷之孙"。面对永嘉之乱后的混乱时局，郦性和郦怀在反复权衡后做出了不同的选择。郦性率家人"南渡"，追随东晋政权迁往建康；而郦怀则选择留在了北方。从历史上看，这也是古代大族常见的"规避风险"的做法。

查阅郦氏族谱可知，郦怀正是郦道元在《水经注》中所说的六世祖"乐浪府君"。从后来两支郦氏族人在南北朝不同政权中的职务来看，郦性与郦怀当初都应该是西晋的官员。至于他们的具体官职，史书并没有明确记载，二人属于西晋中下层官员的可能性是比较大的。

郦性这一支迁往建康后，其后人在东晋朝廷中得到重用，他的孙子郗鉴后来官至东晋宰相。关于南方建康这一支郗氏族人的情况，本书不做详述。本书要重点记述的是北方郗氏的境遇与抉择。

很显然，留居北方的郗氏一族，其生存环境更加复杂与艰难。永嘉之乱后，北方战乱频仍，冀州、幽州、并州先后落入匈奴政权之手。西晋永嘉八年（314年），石勒诈降夺取了幽州，俘获了幽州刺史王浚，随即将王浚押送至襄国（今河北邢台）后将其杀害。幽州沦陷后，原本归附幽州王浚的北方士人及百姓，很多投奔了远在辽东的慕容鲜卑政权。

为何北方的流亡士人与百姓争相归附远在辽东的慕容鲜卑而不是与幽州联系更多的段氏鲜卑呢？究其原因不外乎以下三个方面：

其一，段氏鲜卑更多只是崇尚武力，打打杀杀尚可，在尊重人才、改善民生方面乏善可陈。正如《资治通鉴》所载："段氏兄弟专尚武勇，不礼士大夫。"因此，段氏鲜卑很难赢得汉族士人的心。

其二，慕容鲜卑的头领慕容廆是当时东晋朝廷册命的辽东公、平州刺史，是东晋在平州地区的代理者。辽东公是对应慕容廆所统辖的区域而言的，而平州刺史则是东晋将平州的统辖权委交给慕容廆的象征。事实上，当时东晋朝廷对辽东地区鞭长莫及，只是希望通过任命慕容廆的官职象征性地表示拥有对这一区域的管辖权。而慕容廆虽然拥有这一地区的实际控制权和管辖权，但为了申明其管辖的正当性与合法性，同时赢得更多北方士人的归附之心，也就顺水而为之。

其三，慕容廆主张汉化，讲求法制，广揽人才，重用汉族士人，这也在很大程度上赢得了北方汉人的心。《资治通鉴》载："时二京倾覆，幽冀沦陷，廆刑政修明，虚怀引纳，流亡士庶多襁负归之。"从史料中我们知道，慕容廆非常注重在归附的士人中选拔人才，授以官职。他以河东人裴嶷、北平人阳耽、庐江人黄泓、代郡人鲁昌为主要谋臣；广平人游邃、北海人逢羡、西河人宋奭及封抽、裴开为骨干；平原人宋该、安定人皇甫岌兄弟、兰陵人缪恺、昌黎人刘斌及封奕、封裕掌机要。这些人才对前燕政权的快速崛起起到了至关重要的作用。

与此同时，慕容廆还仿照汉人的做法，册立三子慕容皝为世子，并开办"东横"，即贵族学校，请汉人大儒教授儒家经典，闲暇时慕容廆还亲自前往听课。

《资治通鉴》记载："是时，中国流民归廆者数万家，廆以冀州人为冀阳郡，豫州人为成周郡，青州人为营丘郡，并州人为唐国郡。廆立子皝为世子。作东横，以平原刘赞为祭酒，使皝与诸生同受业，廆得暇，亦亲临听之。"

不难推测，在归附慕容廆的"数万家"北方士人百姓之中，就有郦道元的六世祖郦怀及其家人。从郦怀后来担任乐浪郡太守一职来看，当时郦氏家族应该被安置在了侨置乐浪郡。从此以后，郦怀的子孙便跟定了慕容鲜卑。事实上，从郦怀开始，郦氏家族的命运已经和慕容鲜卑的兴衰捆绑在一起了。

在此，有必要多用些笔墨说说慕容廆之后慕容鲜卑的几个重要人物，因为这些人的命运直接或间接地影响到了郝氏家族的起起落落。

慕容廆去世后，世子慕容皝袭封辽东郡公，授平北将军、平州刺史。东晋咸康三年（337年），慕容皝自称燕王，成立前燕政权，追封其父慕容廆为武宣王，册立世子慕容儁为太子。咸康七年（341年），慕容皝被东晋册封为燕王、授使持节、大将军、都督河北诸军事、幽州牧、大单于。次年，慕容皝将都城从大棘城（今辽宁省义县）迁至龙城（今辽宁省朝阳市）。

东晋永和四年（348年），慕容皝去世，太子慕容儁继位。东晋永和六年（350年），慕容儁击败了羯族人建立的后赵政权，迁都蓟城（今北京市境内）。东晋永和八年（352年），慕容儁南下冀州，灭亡冉魏，正式称帝。五年后，慕容儁迁都邺城（今河北省临漳县），入主中原。

慕容儁之所以能够所向披靡，主要仰仗之人是他的两个弟弟，即慕容恪和慕容垂。

慕容恪被史家称为慕容氏的旷世名臣和五胡十六国第一名将，其文韬武略自不待言。可惜慕容恪因操劳过度，于前燕建熙八年（367年）去世，去世前推荐自己的弟弟、战功赫赫的慕容垂接替自己辅政。

怎奈此时的皇帝慕容暐并不信任自己的叔叔慕容垂，而是重用了辈分更高的慕容评。慕容评是慕容皝的弟弟、慕容垂的叔叔，他既无侄子慕容恪的领导才能，也无侄子慕容垂的军事才能。慕容评深忌慕容垂，欲寻机杀之而后快。慕容垂不忍家族互相残杀，无奈之下选择出走。在走投无路之际，慕容垂投靠了前秦的苻坚。

在此之前，苻坚最为忌惮的前燕将领就是慕容垂，今见慕容垂来投，大喜过望，令其担任冠军将军、京兆尹，册封宾都侯。

此时的前燕政权在慕容评的主导下已是混乱不堪、乌烟瘴气。苻坚趁机伐燕，派遣素有"前秦诸葛亮"之称的王猛率军攻下邺城，灭掉了前燕。

前燕灭亡后，前燕的贵族及臣僚大多归顺了前秦。苻坚对慕容家族及前燕旧臣礼遇有加，授予相应官职甚至封爵。就连亡国皇帝慕容暐也官拜尚书，封新兴侯；对前燕亡国有直接责任的慕容评也被授予给事中、范阳太守；慕容垂的小弟范阳王慕容德则被授予张掖太守。当时，郦怀的孙子即郦道元的高祖父郦瑛也追随慕容家族归降前秦，被调往蜀郡出任蜀郡太守。史料记载，郦瑛在蜀郡太守任上为官清正，刚直不阿，官声甚佳。

东晋太元八年（383年），东晋与前秦爆发淝水之战。东晋以少胜多，前秦则兵败如山倒。淝水之战后，前秦国内政局日趋混乱，慕容垂趁机东走，并于东晋太元九年（384年）成功复国，建立后燕，都城在中山（今河北省定州市），后迁往龙城。在这一过程中，郦氏家族继续追随慕容垂并成为后燕建国的功臣。其中，郦瑛之子即郦道元的曾祖父郦绍追随后燕，并担任了后燕的濮阳太守。

东晋太元二十一年（396年），北魏军攻占后燕的常山郡（今河北省石家庄市），担任后燕濮阳太守的郦绍又跟随慕容鲜卑归附了北魏政权。北魏在中原地区的地方统治大体沿袭了汉晋以来以州统郡、以郡统县的三级行政体系。由于郦绍原来任太守的濮阳郡隶属于兖州，北魏道武帝拓跋珪遂任命郦绍为兖州监军，其主要职权是稽核本州官军的功过，以呈请朝廷给以赏罚。监军虽然不掌握军政实权，但也算较高的职位了。继郦绍之后，郦氏家族又有多人成为北魏拓跋鲜卑的官员。其中，郦绍之子即郦道元的祖父郦嵩出任天水郡太守。天水郡隶属秦州，治所在今甘肃省天水市。郦嵩作为天水郡的最高行政长官，享有对当地官民的统治之权。郦嵩之子即郦道元的父亲郦范是郦氏家族在北魏官职最高之人，他官至东平将军、青州刺史，封永宁侯。事实上，郦范在北魏一直追随之人仍然是前燕慕容皇族的后人，他就是前燕文明皇帝慕容皝的玄孙，北魏名将慕容白曜。关于郦道元的父亲郦范与慕容白曜的交往，本书后面还有更多记述。

第三节 乐浪府君迁居之谜

前文提到，永嘉之乱以后，郦道元的六世祖郦怀和众多北方士人一起，离开了自己的家乡幽州范阳郡，投奔了远在辽东的慕容廆，并在后来担任了前燕政权侨置乐浪郡的太守。郦怀的儿孙辈也先后成为前燕政权的官员。

经过多年的征战与经营，慕容鲜卑建立的前燕日趋强大。东晋永和六年（350年），慕容廆的孙子慕容儁率军攻克幽州，并将前燕都城从龙城（今辽宁朝阳）迁至蓟城（今北京境内），郦怀的家乡幽州范阳郡自然成为前燕控制的地区。大约就是在这个时候，郦怀得以回到阔别三十多年的故土范阳郡。

虽然史书中并没有记载郦怀当年投奔慕容廆时的年龄，但我们不妨推算一下，如果当时郦怀离家时的年龄是三十岁左右的话，再次回到家乡时应该已年过花甲，甚至年近古稀了。

少壮离家老迈归巢，三十余载沧桑巨变。不难想象，当郦怀回到阔别已久的范阳郦氏老宅时，眼中的家已非当年模样。虽然这些年家中或许一直有人居住，但由于房屋年久失修，加之战乱频仍，且时有洪水泛滥，郦氏老宅自然已经是破败不堪。与此同时，随着郦氏家族的繁衍生息，家族的人口也增长了许多。相较之下，此时的郦氏老宅不仅破败，而且显得过于局促和狭小了。经与家人商议，郦怀做出了举家搬迁的决定。

无论是从历史的发展脉络来看，还是就郦氏老宅所处的地理位置、气候以及家庭环境而言，郦怀在此时举家搬迁是合乎逻辑和情理的。

郦怀举家迁出之地，当称为郦道元的祖居地；而迁入之地，当然应该算是郦道元的家乡了，也就是后世所说的郦道元故里。那么郦怀全家是从何地迁出又是迁往何地居住的呢？

在《魏书》《北史》等史书中，均有郦道元及其父亲郦范的传记，但只是用"范阳人"或"范阳涿鹿人"一语带过，缺乏更详细具体的信息。后世学者主要根据《水经注》中的相关描述，来分析郦道元六世祖当年的迁出地及迁入地的位置，进而判断郦道元故里之所在。笔者在对《水经注》进行研读的基础上，结合史书和地方志的有关记载，对这一问题的脉络进行了梳理，梳理后的重点内容主要有以下三条：

第一，郦道元六世祖迁居之后的住所在郦亭沟水之南。郦道元在《水经注》中唯一一次提到自己的家乡，是在卷十二描写郦亭沟水之时，其中提到了其六世祖乐浪府君迁居一事：

> （巨马水）又东，督亢沟出焉。一水东南流，即督亢沟也；一水西南出，即涞水之故渎矣。……（郦亭沟）水上承督亢沟水于遒县东，东南流，历紫渊东。余六世祖乐浪府君，自涿之先贤乡爰宅其阴，西带巨川，东翼兹水，枝流津

曾经的郦亭沟（今河北省高碑店市境内的运粮河）

通，缠络墟圃，匪直田渔之赡可怀，信为游神之盛处也。其
水东南流，又名之为郦亭沟，其水又西南转，历大利亭南，
入巨马水。

这段描述为我们提供了很多信息：诸如督亢沟水是巨马水的
一个分支，而郦亭沟水又是督亢沟水的分支，还有郦亭沟水的走
向以及在何处汇入巨马水，等等。其中，最值得关注的是"爱宅
其阴"四个字，水之南为阴，这分明道出了郦道元家乡的具体方
位，即郦亭沟南侧，且西边是拒马河，北面和东面被郦亭沟水环

绕。很显然，这里说的郦亭沟是郦道元家乡最为重要的参照物。

郦亭沟在哪里？对此，诸多地理及水利专家已做过考证，几无争议。郦亭沟是一条不大的河流，即如今高碑店市境内的运粮河，也称为马村河，在定兴县境内称为周家庄小河。郦亭沟北与督亢沟水相连，向东南流，经过涿州西部的岐沟关，进入今高碑店市的军城街道及和平街道。在军城街道的乔刘樊村流向东，再向南穿过撞河村，经过和平街道的高碑店老街西侧、栗各庄村东侧继续向南，于东马村河和西马村河两村之间穿过，流向定兴县周家庄方向，后又转向西南，最终汇入南拒马河。这与《水经注》中所描述的河道走向是基本一致的。这里提到的高碑店市栗各庄村，历史上曾称之为郦亭庄、郦哥庄、郦各庄，被认为是郦道元六世祖迁居后的住址。对此，本书后面还有进一步论述。

第二，郦道元六世祖迁居之前的住所"涿之先贤乡"在督亢沟水之北。郦道元在《水经注》中提到他的六世祖迁居之前的居所时，用了"涿之先贤乡"的表述。笔者认为，对于"涿之先贤乡"可以有两种理解：一是将"乡"作为行政单位来看待，"先贤"则视为乡的名称。二是将"乡"理解为地方或处所，而"先贤"则是对逝去祖先的尊称。查阅史书和地方志，并未发现涿县（今河北省涿州市）曾经有过名为"先贤"的乡或村。但在唐代房山石经题记中，发现有涿州所辖县邑大量造经人的乡贯情况，诸如白沟乡（今高碑店市白沟镇）、上垡村（今高碑店市尚垡村）、横沟邑（今高碑店市横沟村）以及先贤乡，可惜石经题记中有关先贤乡的记载不详，并未说明其具体方位。

那么这个"涿之先贤乡"究竟在何处呢？要说清这一问题，就要先弄清一个地名，即郦亭楼桑里。

郦道元在《水经注》中描述督亢沟水时，提到了郦亭楼桑里这个地名：

> （督亢沟）水上承涞水于涞谷，引之则长津委注，遏之则微川辍流，水德含和，变通在我。东南流经遒县北，又东经涿县郦亭楼桑里南，即刘备之旧里也。

这段描述颇值得玩味。文中说到督亢沟水的流向，流经今涞水县北，向东流，经过涿县郦亭楼桑里南。我们知道楼桑里是刘备的故里，那么这里的郦亭指的是哪里？郦亭和郦氏家族一定是有关系的，但郦道元在注释中提到了楼桑里乃刘备故里，却只字未提及这里的郦亭与郦氏家族的关系，显得有些微妙。

从《水经注》的记载中我们知道了三件事：其一，郦亭楼桑里的位置在督亢沟水的北侧，换言之，督亢沟水在郦亭楼桑里之南；其二，郦亭沟作为督亢沟的支流，其位置在督亢沟水之南；其三，郦道元的家乡在郦亭沟之南。由此可知，郦道元的故里与郦亭楼桑里之间隔着两条河，即郦亭沟和督亢沟，很显然，郦亭楼桑里附近不可能是郦道元的故里。

既然郦亭楼桑里与郦道元故里无法对应，那么郦亭两个字又作何解释呢？一个很合理的答案是：这里乃郦道元六世祖迁居之前的住所，即《水经注》中所说的"涿之先贤乡"。

对此，国内学者也多有研究。清末民初的郦学家熊会贞先生认为："窃以郦亭本郦氏之故居，即善长（郦道元的字）之所谓先贤乡。"很显然，他的观点是明确的，即《水经注》中所言郦亭就是郦道元六世祖迁居之前的居住地，即所谓的"涿之先贤乡"。持此种观点的学者还有不少。

至于"先贤乡"的具体位置，可参考今涿州市西道元村附近。之所以用"参考"二字，是因为这个"元"字。查阅民国《涿县志》，并没有找到西道元村和东道元村的村名，而与之相近的分别是东道园村和西道园村。虽然读音相同，但元字是没有繁体字和异体字的，"元"和"园"同音不同义，若以此认为"道园"是指郦道元，就颇有些牵强了。况且古代对尊敬之人特别是有爵位之人（郦道元为永宁伯）鲜有直呼其名的情况。或许这正是后世将郦道元祖上居所与郦道元故里相混淆的原因所在吧。

第三，地方志中出现的两个郦亭是有根据的。清光绪《保定府志》记载："郦亭在新城县西北四十里，今郦村、郦各庄皆因此得名。"明清以及民国《新城县志》也都有郦道元故里郦亭在新城县郦各庄（也写作郦亭庄、郦哥庄，即今高碑店市栗各庄）村的明确记载。清《嘉庆重修一统志》将郦亭分列于直隶顺天府和直隶保定府的"古迹"篇内。光绪《顺天府志》记载，涿县（今涿州市）有郦亭；而光绪《保定府志》却记载，郦亭在新城县（今高碑店市）。这就出现了一个不容回避的问题：郦亭为何会出现在两个不同的行政区域呢？

查阅史料可知，在郦道元生活的南北朝时期，尚没有新城县

（今高碑店市）的建制，一直到唐太和六年（832年），才析出涿县南部的部分区域建立了新城县，即今高碑店市的前身。换句话说，新城县的大部分地区在唐太和六年以前隶属于涿县。因此，在东晋、北魏、北齐、隋以及中唐之前的史书及著述中，将郦道元的家乡列为范阳郡涿县是不存在争议的。但在中唐以后，再如此表述就不够准确了，因为郦道元故里所在地区已经划归新城县了。

在后世人们的心目中，郦亭逐渐成了郦氏家族居住生活之地的统称，即无论是郦道元祖籍之地涿县，还是郦道元的家乡新城县，都被称为郦亭，这应该就是地方志中出现两个郦亭的原因所在。

郦道元六世祖迁居示意图

历史学家尹均科先生在《郦道元的家乡探微》一文中认为：郦亭实有两处，一处位于今涿州以南的道园（今道元）村，也就是《水经注》中所说的先贤乡，为郦道元六世祖以前的郦氏故居；另一处在今涞水县与新城县（今高碑店市）交界处的郦村（今栗村）、郦各庄（今栗各庄）一带，郦亭沟水据以得名。

24

20世纪50年代，在新城县（今高碑店市）栗（郦）各庄村，村民曾挖出一枚"永宁侯"铜印。永宁侯正是郦道元父亲郦范的爵位。查阅史料可知，郦范于北魏太和十三年（489年）去世，后归葬故里。这枚"永宁侯"铜印是不是他的陪葬之物呢？此事还有待专家作进一步考证。

综上所述，郦道元故里在今高碑店市栗（郦）各庄村的说

《光绪保定府志》书影

法是可信的，也是符合《水经注》及有关志书记载的。而今涿州市与刘备故里楼桑里相距不远的西道元（园）村，乃郦道元祖先居住地，也就是郦道元六世祖迁居之前"涿之先贤乡"的说法也是可信的，是合乎逻辑和记载的。

千百年来，无论是在郦道元的祖居之地还是郦道元的故里，人们都在通过各种形式和各种方式来纪念他。清光绪七年（1881年），

望郦梁碑拓片（王树枬撰文，王锷书丹）

在新城县（今高碑店市）方官镇三里铺村的紫泉河上修建了一座桥，因走在此桥之上，可西望郦道元故里，故而当地人为此桥取名为望郦梁，并立碑以记之。著名史学家、方志学家一代名儒王树枬先生为该桥的建成撰写了《望郦梁碑记》，碑记中有言："新城县西北四十里……为郦氏之旧庐，登斯梁者，可望而知之者也。"

20世纪90年代以后，郦道元的祖籍地涿州市以及郦道元故里高碑店市，先后建设了郦道元故居、郦道元公园等设施，以此来纪念郦道元这样一位伟大的本地先贤。

第二章

北魏政坛常青树

征南大将军慕容白曜南征，范为左司马……遂表范为青州刺史以抚新民。后进爵为侯，加冠军将军，迁尚书右丞。后除平东将军、青州刺史、假范阳公。

——《魏书》

在北魏政坛,郦道元的父亲郦范似乎是谜一般的存在。论官职,他不是汉臣中最高的;论影响,他也不是汉臣中最大的。与崔浩、高允、李冲等风云人物相比,郦范似乎显得有些低调而平凡。郦范先后在北魏太武帝拓跋焘、文成帝拓跋濬、献文帝拓跋弘以及孝文帝拓跋宏四朝为官,他从一个给事东宫的小官,一直升至平东将军、青州刺史,并被封为永宁侯、假范阳公。有的专家学者将郦范称为"五朝元老",显然是将文成帝拓跋濬的父亲景穆皇帝拓跋晃也名列其中了。事实上拓跋晃并未登基当过皇帝,只当过太子,他死后被其子文成帝拓跋濬追认为皇帝,因而称郦范为"五朝元老"似有不妥。当然,可能有人将只登基不到十个月的傀儡皇帝南安王拓跋余也算作"一朝"了。拓跋余是太武帝拓跋焘之子,在宗爱之乱中被推上皇帝之位,短短几个月后又为宗爱所害。拓跋余死后,文成帝拓跋濬以诸侯王的礼仪安葬他,谥号为隐王。在史书记载的北魏皇帝年号中,只称拓跋余为南安王,可以说并未算作"一朝",因此,称郦范为"四朝元老"较为准确。

郦范为官几十年,先后经历了宗爱之乱、太子之死、乙浑之乱、慕容白曜被杀等诸多震动北魏政坛的大事件，这些事件有些就发生在他的身边。比如，在宗爱之乱中，郦范供职的东宫有众多官员被杀；乙浑之乱以后，对郦范有知遇之恩的慕容白曜因谋反罪被诛。发生了这样多与郦范有关联的政治事件，郦范本人不仅能够平安度过危机，而且能一步步攀上仕途的高峰，可谓名副其实的北魏政坛常青树。这在风云诡谲、波涛汹涌的北魏政坛，实不多见。

郦范的经历不免让人多少感到有些意外。是什么原因能让郦范平步青云而且成为北魏政坛的常青树呢？莫非真的是他官运太好所致？答案肯定不会是如此简单。细读史书，我们能真切地感受到郦范隐藏在低调外表下的超群智慧和非凡能力。

让我们跟随郦范的脚步，去体味一下血雨腥风的北魏政坛吧。

第一节 初事东宫历风雨

《魏书·郦范传》对郦范开始进入北魏官场的记录，只有短短八个字："范世祖时给事东宫。"看似有些轻描淡写，但细究起来，这段岁月对他日后的成长和发展却是至关重要的。因为在这里，郦范经历了朝局的剧烈动荡，增长了政治上的阅历，结识了重要的政治盟友，同时也初步展示了自己的能力与才华。

文中所言"世祖"是指北魏著名的皇帝太武帝拓跋焘。之所以说他著名，是因为在他的任内，北魏完成了统一北方的大业，结束了十六国的战乱与纷争，基本形成了南北朝对峙的局面。当然，他的著名还包括史家所记录的"汉化"与"灭佛"。拓跋焘就是后世所说开展灭佛的"三武一宗"中的第一个皇帝——太武帝。

太武帝拓跋焘的长子叫拓跋晃，五岁时便被立为皇太子，十二岁开始监国。北魏早期，从第二任皇帝拓跋嗣开始实行太子监国制度。泰常七年（422年），明元帝拓跋嗣在汉族大臣崔浩的建议下，开始命太子拓跋焘监国。

所谓太子监国，是指在特定情况下，经皇帝同意，由太子代皇帝行使皇权，主持国事。史书记载，在明元帝拓跋嗣去世前一年半，就将北魏最高权力交付给了监国的太子拓跋焘，其主要目

以明元帝拓跋嗣为原型的云冈石窟第19窟造像

的是废除拓跋旧部兄终弟及的做法，建立并强化父子相承的制度，以适应北魏初期皇权发展的需要。事实证明，明元帝拓跋嗣这一做法是有效的，他去世后，太子拓跋焘得以顺利继位，保证了皇权的顺利交接。

北魏延和元年（432年），太武帝拓跋焘立长子拓跋晃为太子。当年，拓跋焘东征北燕，诏命太子拓跋晃录尚书事。又过了七年，即太延五年（439年），太武帝亲征河西北凉，诏命太子拓跋晃监国。从这时起到太平真君十一年（450年）拓跋晃被派往漠南屯兵，共历十二年。在这十二年中，以太子拓跋晃为核心的东宫集团逐渐形成，并发展为与皇权相抗衡的势力，这也为拓跋焘与拓跋晃父子之间的权力之争埋下了伏笔。

北魏太平真君十年（449年），郦范初入太子拓跋晃的东宫供职，即所谓"给事东宫"。这一年是一个很重要的年份。史书记载，正是从太平真君十年开始，太子拓跋晃"总百揆"，"所言军国大事多见纳用，遂知万机"。

这里顺便说一下，有的著述和文章认为，郦范"给事东宫"的服务对象是后来的文成帝拓跋濬，显然这是一种误解。拓跋濬是拓跋晃之子，拓跋晃后来是在太子任上去世的，在世时并未当过皇帝，他的儿子自然不可能成为太子。况且拓跋濬也并非拓跋晃的长子，而是在宗爱之乱中匆忙即位的，因此，郦范供职东宫时的主人只能是太子拓跋晃。

东宫是太子的居所和处理政务的地方。史书中虽然提到了郦范给事东宫，但并未记载他具体负责何事。从一般意义上来说，这里的给事是指协助太子办理日常事务，包括文牍、接待及内部财务、人员管理等。由于东宫给事有若干，并非郦范一人，因而不能确定郦范所负责的具体事宜。从后来的情况看，郦范协助太子起草文书、安排礼仪诸事的可能性较大。

郦范是天水太守郦嵩之子，出生于北魏神䴥元年（428年）。供职东宫时，郦范还很年轻，年仅二十一岁，按旧时习惯的虚岁计也不过二十二岁。查阅史料可知，太子拓跋晃恰恰也是出生于北魏神䴥元年，与郦范同岁。由此推断，无论郦范在太子府上分管何事，有一点是肯定的，那就是作为太子的同龄人，他与拓跋晃的关系一定是非常密切的。

史书中没有记载郦范是如何进入太子府的，但从他后来长期追随慕容白曜的经历来看，他进入东宫做事很可能与慕容白曜有关。

前文说过郦氏家族与慕容鲜卑关系密切，可以说双方有几代人的交情。查阅史料可知，在郦范进入太子府时，还有两个北魏名臣也在东宫供职，其中一人是后来担任中书令、中书监、散骑常侍、镇东大将军等职，并进爵咸阳公的高允；另外一个人则是北魏名将慕容白曜。关于这两个人，本书后面还有提及，此处先不赘述。

在郦范供职东宫期间，最让他感到惊心动魄的事件，就是宗爱之乱以及太子拓跋晃之死。

太武帝朝是北魏疆域拓展的主要时期，太武帝拓跋焘几乎将毕生的精力都用在了南征北战、东征西讨之上。很多时候，拓跋焘出征在外时，都命太子拓跋晃监国。拓跋晃也不负众望，监国期间颇有作为。他鼓励农耕，整顿财税，拓展商贸，惩治贪官污吏，政绩有目共睹。在太子拓跋晃的周围，逐渐聚集了一批颇具才干的汉族士大夫以及部分鲜卑大臣，形成了一股重要政治力量，在这些人当中也包括郦范。

看到太子拓跋晃的羽翼日丰，一些平素反对太子政见的鲜卑贵族有些坐不住了。他们与以宗爱为首的宦官勾结起来，一起诋毁攻击太子拓跋晃。随着矛盾的不断积累，终于爆发了历史上著名的"宗爱之乱"。

宗爱是一名宦官，深得太武帝拓跋焘的宠信，官至中常侍。史书记载，宗爱生性阴险，做事不择手段。太武帝率兵远征时，由为政精明的太子拓跋晃监国。久而久之，拓跋晃发现了宗爱诸多不法行为，欲寻机加以惩处。太子拓跋晃的手下给事仇尼道盛和侍郎任平城，对太子忠心耿耿，对宗爱之流颇为不齿，甚至多次与宗爱发生口角。

宗爱担心东宫对自己不利，便决定先下手为强。他一方面利用皇帝对自己的宠信，极力挑拨拓跋焘与太子拓跋晃的关系；另一方面罗织罪名诬告仇尼道盛和任平城。

从表面上看，这似乎仅仅是太子拓跋晃与宦官宗爱之间的个人恩怨，但事实远非如此简单。其背后还隐藏有皇帝与太子的矛盾，鲜卑贵族与汉人世族的矛盾，以及不同宗教信仰之间的矛盾等诸多复杂政治因素。由于此事件历史背景较为复杂，鉴于篇幅原因，本书在此不做进一步分析。

晚年的太武帝拓跋焘性格暴躁，任性嗜杀，有人说这与他常年超量服用五石散有关。当然，这只是后世的猜测，也不必当真。

以太武帝拓跋焘为原型的大同云冈石窟第18窟造像

但太武帝下令诛杀太子拓跋晃府内臣僚的事情是写入史书的。史书记载，一次太武帝拓跋焘在震怒之下，下令将东宫给事仇尼道盛和侍郎任平城二人斩首，同时将东宫的众多官员处死。

太子拓跋晃对此感到非常震惊，他担心自己会被废黜，整日惊恐忧惧，不久后卧床不起，竟然英年早逝了。

太子的死对太武帝拓跋焘而言是一次精神打击，使他的脾气

以景穆帝拓跋晃为原型的大同云冈石窟第17窟造像

越发暴躁。事实上，太武帝拓跋焘对太子拓跋晃还是非常器重的。拓跋晃是拓跋焘的长子，五岁时就被立为太子，十几岁就跟随父亲外出征战，表现可谓智勇双全，深受父皇拓跋焘喜爱。

至于拓跋焘晚年对太子拓跋晃产生不满，原因可能是多方面的，但其中有两个方面原因较为明显：一方面，是因为太子对父皇拓跋焘的灭佛政策并不认同。拓跋晃笃信佛教，对太武帝灭佛很是抵触，虽然无法改变父皇的灭佛诏令，但他还是想方设法保护僧人，其中就包括后来主持开凿武州山石窟（今大同云冈石窟）的昙曜和尚。事实上，昙曜和尚当年之所以从北凉来到北魏平城，正是太子拓跋晃一手促成的。另一方面，也是最主要的方面，部分鲜卑权贵不满意太子监国时的政策，担心太子即位以后会于己不利，故而经常在皇帝面前诋毁太子拓跋晃，加之太武帝晚年时常有昏聩之念，最终酿成了这场东宫悲剧。

东宫事件过后，伴随着时间的推移，太武帝拓跋焘对死去的太子拓跋晃很是怀念，言谈中越来越多地显现出对处理东宫事件的悔意。

太武帝的悔意让宗爱等人非常惧怕，担心拓跋焘会杀掉自己。宗爱决定铤而走险，一不做二不休，干脆杀掉皇帝。史书记载，宗爱于正平二年（452年）农历二月初五，在永安宫弑杀了皇帝拓跋焘，这便是北魏历史上有名的"永安宫政变"。

杀了皇帝拓跋焘之后，宗爱等人又谋杀了理应继位的太武帝第三子东平王拓跋翰，并杀死了准备拥立拓跋翰为帝的多位大臣。随即，宗爱将与自己关系较密切的拓跋焘第六子安南王拓跋余秘密迎入宫中，拥立为帝，改年号永平。宗爱自己则成了大司马、大将军、太师、都督中外诸军事，封冯翊王。此时的宗爱可谓权倾朝野，其权势不亚于当年的曹操。不久之后，宗爱见皇帝拓跋余似乎对自己也有异心，又派宦官贾周杀死了仅仅做了八个月皇帝的拓跋余。连杀两个皇帝后，宗爱更加不可一世。

宗爱的骄横跋扈激怒了一批太武帝旧臣。尚书陆丽、源贺，殿中尚书长孙渴侯，羽林郎刘尼等人，趁宗爱不备率军入宫，拥立太武帝之孙、拓跋晃的嫡子年仅十二岁的拓跋濬为帝，史称文成皇帝。

拓跋濬即位后，下令诛杀了宗爱、贾周等人，并灭其族，结束了这场宗爱之乱。这个年轻有为的拓跋濬，就是因开凿云冈石窟而被后世常常提起的文成皇帝。

值得庆幸的是，郦范在这场政治风暴中毫发未伤，安然无恙。他是靠什么躲过这场政治风暴的呢？对此，史书并没有详细记载。笔者以为，郦范之所以在宗爱之乱中未被波及，大抵有两个方面原因：其一是郦范为人机敏而低调，不被宗爱及其党羽关注；其二是有贵人保护，最大的可能是高允和慕容白曜对他有所庇护。在这场宗爱之乱中，供职东宫的高允和慕容白曜能够幸免于难，也反映出二人的能力与能量非同一般。

事实上，高允和慕容白曜应该是拓跋焘为儿子拓跋晃日后即位配备的重要文臣武将，由此观之，拓跋焘对二人还是十分看重的。

这里有必要说说高允的性格和为人。高允才学过人，淹通经史，曾经和崔浩一起撰写《国记》，也就是北魏朝的史书。由于《国记》多为直笔记史，后来又刻在石碑之上，引起了皇族很多人的不满。北魏太平真君十一年（450年），崔浩因涉嫌讥讽皇族而被太武帝拓跋焘下狱，随后被杀，并遭族诛。同时，被株连族诛的还有崔浩的姻亲范阳卢氏、太原郭氏以及河东柳氏等北方大族，这就是北魏历史上著名的"国史案"，也称"国史之狱"。

当年协助崔浩修史的高允也牵涉此案，并被皇帝拓跋焘传至宫中询问。临行前，太子拓跋晃提醒高允，让他把责任全部推到崔浩身上，自己自会保他。但高允见到太武帝后，声称《国记》是自己与崔浩共同编写的，丝毫不推卸责任。后来崔浩被杀，而高允的正直与诚实感动了太武帝，加之太子拓跋晃在父亲面前苦谏，使高允幸免于难。

慕容白曜是鲜卑贵族，更确切地说是前燕皇族，他的高祖父是前燕文明皇帝慕容皝。拓跋鲜卑与慕容鲜卑早在前燕与代国时期就有联姻，代王拓跋什翼犍的皇后就是燕王之女。后来北魏开国皇帝拓跋珪的皇后也是后燕最后一个皇帝慕容宝的女儿。因此，慕容家族在北魏的地位还是很高的。慕容白曜为人敦厚正直，又立有军功，因而颇受皇帝拓跋焘的信任。由于有了高允和慕容白曜的庇护，郦范得以在宗爱之乱中有惊无险，躲过杀身之祸也就不足为奇了。

当时的郦范还很年轻，他在东宫这个政治风暴的核心地带，目睹了众多同僚被杀，太子拓跋晃忧惧而死的惨状，经历了两个皇帝被杀，许多朝廷重臣死于非命的混乱朝局，内心受到的巨大震动是不言而喻的。

文成帝拓跋濬即位后，追谥父亲拓跋晃为景穆皇帝，母亲（非生母）闾氏为恭皇后，尊乳母常氏为保太后。同时，对当初父亲拓跋晃宫中的官员如高允、慕容白曜、郦范等人予以提拔重用。

郦范因其出色表现被赐爵永宁县男，加授宁远

以文成帝拓跋濬为原型的云冈石窟第16窟造像（拓跋濬在位期间，命高僧昙曜开凿云冈石窟，其中以五个北魏皇帝为原型的造像石窟称为昙曜五窟）

文成帝拓跋濬在位时开凿的大同云冈石窟
（图中最大的造像即以北魏开国皇帝拓跋珪为原型的第20窟造像）

将军。依北魏官制，县男爵位以及宁远将军均为五品。之后，郦范奉命以治礼郎的身份，捧奉太武帝拓跋焘和景穆皇帝拓跋晃的牌位迁往太庙，这对郦范来说是极为荣耀的事情，足见文成帝拓跋濬对他的信任与器重。郦范随后被晋封为子爵。从郦范所任治礼郎的官职看，应该隶属于大行令（或者大鸿胪），掌管朝廷内外礼仪之事，虽然职级不算高，但也应属于较为重要的职位了。

拓跋濬在位期间，注重改革官制，完善法律，减轻民负，复兴佛教，开凿武州山石窟（云冈石窟）。他在征伐柔然的同时，设法安抚北方各部落，堪称一位有为的君主。

可惜好景不长，和平六年（465年），年仅二十六岁的文成帝拓跋濬英年早逝。随着拓跋濬的去世，北魏朝局再次出现了动荡，史书称之为"乙浑之乱"。在北魏朝廷发生的又一场政治动乱中，郦范又是如何自处的呢？

第二节 乙浑之乱未殃及

纵观北魏的历史，乙浑之乱可谓一个标志性的事件。正是从平定乙浑之乱开始，北魏发生了两个重要变化：一是冯太后正式走上了北魏的政治舞台，开启了一个太后临朝听政的时代；二是帝后之间的矛盾渐渐凸显，北魏的最高权力之争开始表面化。从事后看，与这两个变化相对应的更深层次的变化，则是北魏向南还是向北发展的分歧和矛盾日渐突出。

文成帝拓跋濬在世时，主张向北方用兵，大规模北征柔然，因而可以认为，文成帝拓跋濬应该是一个主张向北发展的北魏皇帝。北魏先进入献文帝和孝文帝时期以后，冯太后临朝称制，开始向南用兵，征伐南朝，向南发展的国策日趋明显，当然这是后话。

拓跋濬去世以后，年仅十二岁的拓跋弘继皇帝位，史称献文帝。由于献文帝年幼，由冯太后临朝听政，处理军国事务。这是冯太后第一次临朝听政，此时的她并不被大臣们过多看好，其中对其最为不屑者便是时任车骑大将军的乙浑。

尽管乙浑在文成帝时期就已经开始崭露头角，在献文帝朝又权倾朝野，但史书对乙浑的记载却很少，以至于《魏书》中并没有他的传记。之所以出现这种情况，或许是后世史家不愿意记录这样一个残暴乱政之人的缘故吧，至于是否有更深层次的原因，本书在此不做进一步分析。

关于乙浑的出身，有两种说法：一种说他属于慕容鲜卑吐谷浑部的分支，另一种说他是高句丽乙弗氏的后裔。无论是哪种说法，乙浑都不属于拓跋贵族或是汉人士大夫。让很多人没想到的是，正是这样一个人，造成了北魏政坛的腥风血雨和动荡不安。

史书记载，献文帝拓跋弘即位时，乙浑就是车骑大将军、太原王。其后，乙浑又担任太尉、录尚书事，官拜丞相，位在诸王之上。可以说，彼时的乙浑虽无摄政之名，却有摄政之实，事无大小都由他裁夺，一时间风头无两。手握重权的乙浑，开始了屠杀异己的疯狂行为。在乙浑主政期间，先后杀害了尚书杨保年、平阳公贾爱仁、南阳公张天度、侍中兼司徒平原王陆丽、定州刺史林金闾、平凉太守林胜、殿中尚书穆安国、虞曹令安平城、河间公拓跋陵等一大批官员。朝中大小官吏噤若寒蝉，或明哲保身，或依附权臣乙浑，以求保全自己。

在此危难之际，一个女人担起了为北魏朝廷拨乱反正的历史重任，她就是闻名后世的北魏冯太后。

冯太后祖籍长乐信都（今河北省衡水市），永嘉之乱后，冯氏家族因避乱投奔了慕容鲜卑。由于史书中并未记载冯太后的姓名，我们在此只能暂且称之为冯氏。冯氏出生于北燕皇族，她的祖父是北燕国君冯弘。也许有人会问，北燕不是慕容云创立的吗，国君怎么会姓冯？

　　的确，北燕脱胎于后燕，第一任皇帝是慕容云。慕容云是后燕皇帝慕容宝的养子，他之所以能当上北燕的开国皇帝还多亏了他的好朋友、时任中卫将军的冯跋相助，这个冯跋便是冯氏的太爷爷。后燕建始元年（407年），冯跋发动政变，杀死了慕容宝的亲儿子慕容熙，拥立其养子慕容云为天王，改年号为正始，这便是北燕的开端。北燕正始三年（409年），慕容云为叛臣所杀，冯跋平定了叛乱，被众将拥立为北燕皇帝，改元太平。就这样，北燕政权就姓了冯。冯跋死后，他的儿子也就是冯氏的祖父冯弘又是靠政变登上了皇位，改年号大兴。

　　不久之后，北燕为北魏所灭，冯氏的父亲冯朗为北魏所杀，哥哥冯熙逃至氐族、羌族人控制地区，多年后才找回。身为罪臣之女，冯氏幼年便没入北魏掖庭，成为奴婢。所谓掖庭，是指皇宫中的旁舍，即皇帝嫔妃居住的地方。好在冯氏的姑姑是太武帝拓跋焘的左昭仪。在北魏，昭仪是皇帝嫔妃中的第一等级，仅次于皇后，因此左昭仪在皇帝后宫中的地位是比较高的。在姑姑冯昭仪的庇护下，冯氏得以在险象环生的北魏皇宫中顺利成长，并与拓跋濬建立起了两小无猜的感情，二人可谓青梅竹马。正平二年（452年），十二岁的冯氏被刚登基不久的文成帝拓跋濬封为贵人，不久之后，她便正式成为文成帝拓跋濬的皇后。

　　冯氏虽为皇后，但并未生育子女。有研究者认为，这与北魏皇帝实行的"子贵母死"或称"立子杀母"的制度有关。北魏从开国皇帝道武帝拓跋珪开始，就确立了这样一项制度，即只要立了太子，太子的生身母亲就要被处死。为什么要施行这样一项惨无人道的制度呢？有学者认为，这样做的目的是担心"子幼母壮"和"外戚干政"。但更多的研究者认为，这应该是道武帝拓跋珪推行汉化的一项措施。鲜卑人是典型的北方草原民族。草原民族王位继承施行的是兄终弟及，即哥哥死了其王位由弟弟接任；而汉人皇位继承实行的是父死子继，即父亲死了其王位由儿子继承。施行"子贵母死"制度，可以使皇帝没有嫡亲兄弟，也就能顺理成章地避免五胡十六国时期普遍存在的叔侄相争、兄弟相残的惨剧发生了。

冯氏虽没有亲生子女，但身为皇后，可以合理合法地成为太子拓跋弘的母亲并抚养他长大。事实上，文成帝拓跋濬的太子拓跋弘正是由冯皇后一手带大的。

随着文成帝拓跋濬的离世和献文帝拓跋弘即位，身为拓跋弘合法母亲的冯氏自然而然地成为冯太后。彼时的北魏，由于皇帝拓跋弘年幼，使权臣乙浑有了专权机会。在这样的历史背景下，只有二十四岁的冯太后被推上了北魏政治舞台的前台。

冯太后深知，她和皇帝孤儿寡母，短时间内很难与权臣乙浑相抗衡。她采取的策略是忍耐，韬光养晦，待机而动。表面上，冯太后对乙浑飞扬跋扈、屠杀异己的行为不表态，甚至很多时候一言不发。几乎没有人知道此时冯太后究竟在想些什么。乙浑觉得冯太后只不过是一个女流之辈，无须过于防范，渐渐放松了对她的警惕。

冯太后表面上隐忍，麻痹乙浑，暗地里让自己的哥哥冯熙私下在外多方联络，同时冯太后亲自密会拓跋皇族诸王，商议对策，做好了诛杀乙浑的准备。

在天安元年（466年）的一天夜里，乘乙浑没有防备，冯太后命人诛杀了乙浑。乙浑恐怕到死也不会想到，自己称雄北魏政坛多年，杀掉政敌无数，却独独败给了一个女人。

平定乙浑之乱以后，冯太后才真正实现了临朝称制，行使处理国政的大权。虽然不久之后冯太后又短暂归政于献文帝，但随着献文帝拓跋弘的去世，北魏王朝开启了一个由冯太后主持的大变革时期。

请大家记住冯太后这个女人，正是在她的主导下，北魏在十年之后开始了著名的太和改制。通过大规模、全方位的改革，使北魏的经济社会得以快速发展，北魏王朝进入了发展的鼎盛时期。当然，这是后话。毋庸置疑的是，冯太后在中国历史上是一个了不起的女人。抛开其混乱的私生活不谈，单就其政治成就和影响而言，可以毫不夸张地说，冯太后有足够的资格与中国历史上的宣太后、吕后、武则天以及慈禧太后等女政治家相提并论。

洛阳龙门石窟古阳洞造像
（古阳洞是孝文帝为其祖母冯太后营造的功德窟）

郦范作为当时北魏朝廷官员，目睹了这次乙浑乱政以及被诛灭的整个过程。史书并未详细记载郦范在乙浑之乱中的表现，但从日后朝廷对他的任命来看，当时郦范应该是坚决支持献文帝和冯太后平定乙浑之乱的朝臣之一，只是由于彼时郦范的官职还比较低，因而其所作所为并未被史书详细记载。

在血雨腥风的北魏政坛，郦范又一次在混乱中保全了自己。郦范之所以在乙浑乱政期间未被波及，除了自身谨慎处事之外，或许还和另一个人有关，这个人就是慕容白曜。

当初乙浑当政之时，为了巩固自己的权力，拉拢为人敦厚的慕容白曜共同辅政，担任安南将军、右仆射，晋爵南乡公。北魏时期的左、右仆射是地位仅次于上书令的高官，可算是位高权重了。郦范有了老上司慕容白曜的护佑，在乙浑之乱中安然无恙也就不难理解了。当然，后来慕容白曜并未逃过乙浑之乱这一劫，最终还是付出了生命的代价，此事本书后面还有记述。

随着乙浑被诛灭，被很多人认为是乙浑一党的慕容白曜被推上了风口浪尖。就职务而言，在乙浑当政期间慕容白曜担任右仆射，堪称乙浑的左膀右臂。而今乙浑被杀，朝廷大小官员都为慕容白曜捏了一把汗。郦范也为自己这位老上司的命运担忧起来，还专程登门问候。此时的慕容白曜也只能是坦然面对，是罢官还是杀头，听天由命吧！

此时，临朝称制的冯太后再一次显示出其政治家的博大胸襟和远见卓识。她不仅没有处置慕容白曜，还对其委以重任。皇兴元年（467年），朝廷任命慕容白曜为使持节、都督诸军事、征南大将军、上党公，命他率领五万骑兵开赴青州，与南朝宋交战。如此对待曾和乙浑关系过密的慕容白曜，使很多曾经与乙浑有过关联的北魏官员得以安下心来，这也在很大程度上稳定了北魏政局。

郦范也迎来了人生的又一次转机。经慕容白曜推荐提携，郦范被任命为左司马，协助慕容白曜执掌军政事务。依照当时北魏的官制，郦范所任左司马的官阶为从四品。由此，担任过多年文臣的郦范，在慕容白曜的军中开启了自己的军旅生涯。

第三节 慕容军中左司马

如果说北魏因皇位更迭、皇帝年幼导致朝局不稳的话，那么彼时南朝宋的政局可谓混乱不堪。先是刘彧杀死自己的侄子刘子业，自立为帝，史称宋明帝；之后是江州刺史刘子勋自立为帝，年号义嘉，史称"义嘉之难"。随后，刘彧举兵讨伐刘子勋，经过近一年的征战，刘彧于南朝宋泰始二年（466年）底打败了刘子勋，杀死了刘子勋及其所有的兄弟，平定了江南及淮南各地。

此番动乱，让南朝宋元气大伤。南朝宋徐州刺史薛安都、兖州刺史毕众敬等人受到朝廷猜忌，被迫投降北魏并向北魏求援。北魏冯太后敏锐地抓住了这一有利时机，派出多路人马进攻南朝宋，其中就包括征南大将军慕容白曜。

北魏皇兴元年（467年），慕容白曜奉命南征三齐，进攻南朝宋。所谓三齐，始于西楚霸王项羽的戏下分封，他将齐地一分为三，分别封为齐王、胶东王和济北王，司马迁在《史记》中开始称齐地为三齐，后世常常以三齐泛指山东半岛。这次南征三齐，身为左司马的郦范自然也随军出征。

军队经过长途跋涉抵达无盐城（今山东东平）。面对据城坚守、以逸待劳的南朝军队，北魏将士大多认为应该暂时休整，厉兵秣马之后再行攻城。唯独郦范持不同意见，他说："我军此次轻装远袭，深入敌境，敌人必然认为魏军劳师远征，人困马乏，况且无盐城城坚池深，易守难攻，我军必不会立即攻城。这恰恰是我军出其不意，一举攻克无盐城的最好时机，现在万不可滞留，否则将贻误战机。"

慕容白曜采纳了郦范的计策，先是组织军队后撤，麻痹敌军，然后突然攻城。无盐城守军防备不足，被北魏军轻易攻破，守将被擒杀。破城后，慕容白曜欲将城中百姓全部充作军赏，被郦范拦住。

所谓军赏，是指军队占领一个地方后，将俘获的男女老少当作奴隶赏赐给军队将士，有些还押送至都城赏赐给百官做奴婢。这样的做法在南北朝时期并不鲜见。郦范认为，无盐城只是魏军攻占齐地的第一座城池，后面还有很多硬仗，从长远计，此时应多行仁义，安抚百姓，这样民心可怀，平定齐鲁之地就会容易许多。慕容白曜依郦范之计而行，释放了城中百姓。

接下来是进攻肥城。郦范又献计说："肥城虽小，攻城也需要时日，攻下来对军队声威影响不大，若攻不下来则有损军队的威势。而且肥城肯定已听说无盐城的情况，足以为鉴。我们不如用书信劝降，或可不攻自破。即便不降，敌军也可能会逃散。"慕容白曜依计飞书劝降，果然不出郦范所料，肥城守敌弃城而逃。随后，垣苗、糜沟二城也被魏军攻破。这三城共缴获粮食四十万斛，从此北魏军军粮充足。慕容白曜兴奋地对郦范说："这次出征，有了你的辅佐，平定三齐不足虑矣。"

一旬之间，连拔四城，使北魏军威大震。冯太后对此很是满意，以献文帝名义下诏书褒奖慕容白曜："卿总率戎旅，讨除不宾，霜戈所向，无不摧靡，旬日之内，克拔四城，韩白之功，何以加此？……宜勉崇威略，务存长辔，不必穷兵极武，以为劳顿。且伐罪吊民，国之令典，当招怀以德，使来苏之泽，加于百姓。"

从诏书中的言辞可以看出，郦范之前为慕容白曜出谋划策，在很大程度上与朝廷的想法是不谋而合的。

在北魏军连战连捷之际，南朝宋青州刺史沈文秀派人持书信请降，并要求北魏派兵接援。慕容白曜征询郦范的看法。郦范说："沈文秀家在江南，青州并无任何牵挂，他拥兵数万，劲甲坚城，无论是坚守还是撤军，都可以选择。况且魏军并未到其城下，暂时没有威胁，怎么会如此匆忙请降？再看来使，闪烁其词，一定是诱敌之计。如若我军接应青州军队，中途还需要攻下历城、盘阳、梁邹、乐陵等地，一旦有失，则会腹背受敌。"慕容白曜深思熟虑之后，采纳了郦范的计策，稳扎稳打，战果颇丰。

北魏皇兴二年（468年）二月，慕容白曜率军进攻历城，守将崔道固出降。南朝宋任命崔道固侄子崔僧祐为辅国将军，领兵从海路救历城。他到达历城时城已陷落，遂投降了北魏。此战，慕容白曜不急于求胜，而是长时间围城，寻机攻夺，终告成功。

这年八月，宋明帝以沈文秀之弟、征北中兵参军沈文静为辅国将军，统高密等五郡军队，从海路北上援救危急中的东阳（青州）。宋明帝将青州一部分地区分出来，设立了东青州，以沈文静为刺史。十二月，慕容白曜率魏军攻城，杀沈文静，攻入东阳

位于山东省青州市的青州古城（北魏时期青州治所东阳城）

外城。

　　皇兴三年（469年）正月，魏军继续猛攻东阳城，沈文秀在等不来外援的情况下，仍昼夜苦战，最终城破被俘。慕容白曜占领了东阳城，并将沈文秀锁送北魏首都平城。攻齐之战历时三年时间，以北魏获胜而告终。自此，南朝宋的青州及周边之地尽入北魏版图。

　　此战慕容白曜厥功至伟。他也因功拜使持节、都督青徐二州诸军事、开府仪同三司、青州刺史，晋爵济南王。慕容白曜表奏朝廷，推荐郦范出任青州刺史。对此，《魏书·郦范传》的记载为："……遂表范为青州刺史，以抚新民。后晋爵为侯，加冠军将军，迁尚书右丞。后除平东将军、青州刺史、假范阳公。"

在这段记载中，最为费解的就是"遂表范为青州刺史"一句。其费解之处有四：其一，如果这是慕容白曜奉诏回京前上表推荐郦范，让其接替自己的青州刺史一职，朝廷照准的概率不大。这是因为慕容白曜回京后不久就被下狱，随后被杀，他这样一个罪臣上表推荐的青州刺史人选，朝廷能够信任吗？其二，郦范所任左司马的官阶为从四品，而青州作为大州，刺史一职的官阶为正三品，从四品和正三品两个职位中间至少还有正四品和从三品两个官阶，如此跳跃式连升三级的提拔不太符合北魏的官制。其三，从时间上看，慕容白曜奉召回京的时间应该是皇兴四年（470年）的夏末秋初，随后十月便被杀。而郦范奉诏回京的时间仅仅比慕容白曜晚了几个月而已。在这么短的时间内，情况又是如此复杂，朝廷的正式任命恐怕很难如期下达。其四，十多年后，郦范任青州刺史，《魏书》的记载是"……除平东将军、青州刺史"，这个"除"字是史书中对官员任命的常见表述，而"表为青州刺史"的说法，就显得不够清晰了。

如何解释这些费解之处呢？笔者认为有以下两种可能性：其一，慕容白曜接到被免去青州刺史一职的诏令后，返京前上表推荐郦范继任青州刺史，在朝廷正式任命前由郦范临时主持青州政务。不久之后，郦范也奉诏返回平城，因此，郦范很可能并未得到北魏朝廷的正式任命，只是临时主持青州政务而已。其二，在北魏中早期，曾经广泛施行一项"三主官"制度。所谓三主官，是指一个州可以同时任命三个刺史，一个郡可以任命三个太守，

走近郦道元

一个县可以任命三个县令。早在道武帝拓跋珪在位时，就明确了三主官的制度："诸州置三刺史，郡治三太守，县置三令长。"在三位长官中，两位是汉人，一位是鲜卑人，三个人共同治理地方，又互相监督，这一制度直到孝文帝太和十五年（491年）改革官制以后才逐渐废止。郦范第一次赴青州之时还是献文帝时期，这项制度尚未废止。至于当时青州是否实行这一制度，郦范是否在慕容白曜卸任之前就成为三主官之一，由于史书和《水经注》都没有明确记载，笔者也不敢在此妄言，只是提出这种可能性供读者参考而已。

本书之所以在这里用较多笔墨记述郦范任青州刺史一事，是因为这关系到郦道元何时到青州以及他的出生年月等诸多谜题。

郦道元在《水经注》中写道："先公以太和中，作镇海岱。"文中的太和中是指北魏孝文帝太和年间。从《水经注》的记载看，郦范担任青州刺史并非献文帝朝，而是其后的孝文帝朝。我们知道，孝文帝太和元年（477年），郦范已回京近七年时间了。由此观之，郦范任青州刺史的时间应该是在太和元年之后，也就是《魏书》中所载"除平东将军、青州刺史"的时间。经专家考证，郦范任青州刺史的具体年份为太和八年（484年）。后世有一些著述或文章提到郦范两度出任青州刺史，其中第一次出任青州刺史之事值得商榷，很可能存在对史料的误解。

回过头来说慕容白曜。慕容白曜可能没有想到，自己此次回京居然是断头之旅。慕容白曜回到洛阳后不久便被捕入狱，随后以谋反罪被杀。很显然，这是一桩冤案，因为后来太和年间，孝文帝为慕容白曜正式平反。关于慕容白曜被杀的原因，有诸多说法：第一种说法是因为当初乙浑专权时，慕容白曜依附乙浑，献文帝始终记恨在心；第二种说法是因为慕容白曜手握兵权，功高震主，皇帝对他猜疑日重；第三种说法是因为慕容白曜卷入了冯太后与献文帝的权力之争，这一点很像后世的慈禧太后与光绪皇帝的帝后相争，最后只能是大臣背锅。对此，本书不做过多分析，或许三种原因兼而有之吧。

随着慕容白曜被处死，很多人为郦范担心起来，身为慕容白曜的重要助手和亲信，郦范的命运又会如何呢？

第四节 智器而达永宁侯

慕容白曜被杀后不久，朝廷传诏，命郦范回京。

郦范匆忙处理好青州的军政事务，日夜兼程返回平城。一路之上，他已做好了最坏的思想准备。如果皇帝将他视作慕容白曜谋反的同党，轻则罢官，重则杀头。因此，在很多人看来，郦范此次回京可谓凶多吉少。

让郦范没想到的是，当他抵达平城后不久，便被任命为尚书右丞，加冠军将军，并晋爵为永宁侯。依北魏官制，尚书右丞为从四品，与当初郦范担任的左司马同级，而冠军将军为从三品，封县侯则为正三品。此时郦范的官职虽然比不上青州刺史这样的封疆大吏，但如此安排也算是重用了。朝廷这样任用郦范有何深意吗？想必是有的，因为这一年的八月，北魏朝廷发生了一件大事，皇帝拓跋弘宣布退位了。

事情还要从几年前说起。皇兴元年（467 年），献文帝拓跋弘的皇长子拓跋宏出生，冯太后遂还政于拓跋弘，不再临朝称制。由此，献文帝拓跋弘正式亲政。请读者别误会，此处文字并没有错误，拓跋弘与拓跋宏父子俩的名字读音是一样的，只是字不一样。之所以出现这种情况，大抵有两个原因：一是当时北魏的官方语言是鲜卑语，但他们并没有鲜卑文字，所以只能用汉字来标注鲜卑语的读音；二是很显然，在南北朝时期弘和宏这两个字读音是不一样的，只是由于后世这两个字变成了同音字，因而才会出现父子名字读音相同的现象。

当时，刚刚亲政的拓跋弘只有十四岁的年纪，还政后的冯太后对这个少年皇帝并不放心，因而仍时常参与朝廷事务，这令拓跋弘颇为不满。随着时间的推移，母子矛盾逐渐加深。

到了皇兴五年（471年）八月，年仅十八岁的献文帝拓跋弘突然宣布退位，传位给太子拓跋宏，史称孝文帝。但由于拓跋宏年幼，当时只有五岁，献文帝拓跋弘以太上皇帝之名处理朝政。请注意这里的称谓，退位后的拓跋弘称作太上皇帝，而不是常规意义上的太上皇。此前汉朝的太上皇是指皇帝的父亲，大多是不理政事的，而拓跋弘这个太上皇帝实际上可以行使皇帝的权力。这件事还有另外一个附加的前提条件，那就是冯太后不再参与具体政务。由此观之，这应该是帝后母子二人政治妥协的结果。

郦范回京之时，正值北魏皇位更迭的前夕，当时冯太后仍在参与朝政。从后来发生的事情来看，郦范应该是同时被冯太后和献文帝看好并信任之人，因此他才躲过了慕容白曜一案的牵连。在皇位即将更迭之际，冯太后需要汉人大臣的鼎力支持；而羽翼未丰的献文帝也需要通过提拔重用汉臣来笼络人心，特别是像郦范这样能力突出而在朝廷内根基并不算很深厚之人，正是拓跋弘笼络的对象。

郦范回京六年后，北魏又发生了一件大事，拓跋弘突然去世了。

延兴六年（476年），年仅二十三岁，亲政还不到六年的太上皇帝拓跋弘突然离世。坊间传闻，拓跋弘的突然离世可能是冯太后所为，史书中也提到拓跋弘之死可能与冯太后有关，但有些语焉不详。太上皇帝拓跋弘去世时，皇帝拓跋宏只有十岁。无奈之下，朝臣们不得不请冯太后再次出山，以太皇太后的身份临朝称制，处理军国大事。

此时的冯太后已过而立之年，政治经验已经越发成熟了。她审时度势，大刀阔斧地开启了北魏的改革进程，这就是我们常说的太和改制。改革的核心内容主要包括三个方面：一是颁行俸禄制，杜绝横征暴敛，大力惩治腐败；二是推行均田制，减少农民负担，增加朝廷收入；三是施行三长制，设邻长、里长、党长，加强中央集权。关于均田制和三长制，本书后面还有更详细的记述。通过一系列改革，使北魏逐渐强盛起来。

在北魏的一系列改革过程中，郦范以他的忠诚和能力赢得了冯太后和孝文帝的肯定和赏识。

太和八年（484年），郦范被任命为平东将军、青州刺史，赐假范阳公。依北魏当时的官制，平东将军为三品，而假范阳公属于假爵，为从一品，但不能世袭。此处顺便提一下，北魏前期的爵位均为虚爵，分为正爵和假爵两类，假爵不可世袭。及至孝文帝太和十六年（492年），废除假爵，改置开国爵和散爵，均可世袭，这是后话。

当时的青州是统辖七郡三十三县的大州，而且是进军江南的重要战略依托，地理位置十分重要。郦范以显贵之爵位任此要职，足见朝廷对他的充分信任。

郦范此次出任青州刺史，可谓有备而来。由于郦范之前有过在青州任职的经历，对青州一带较为熟悉，回京后对青州的事情也多有关注和思考。他深知，青州一带屡遭战乱，当务之急是发展生产、恢复经济，让老百姓的生活得以改善。这次到青州伊始，他便着手实施已深思熟虑的富民强州之策。一方面注重发挥青州出产食盐的优势，大力发展对外贸易，收益颇丰；另一方面为渔民的捕鱼及销售提供便利，大力推行朝廷的各项改革措施，使老百姓得以丰衣足食。史书记载，郦范在青州的政绩得到朝廷的认可和赞赏。

木秀于林，风必摧之。郦范看似风光的背后，也隐藏着未知的危险。按照当时北魏的体制，一个州的行政长官是刺史，同时还有一个军队的长官称为镇将，二者从官阶上来讲属于平级。当时青州的镇将名叫拓跋伊利，从他的姓氏我们也可知道，这个人属于拓跋鲜卑贵族。拓跋伊利与郦范素来不和睦，他向皇帝密告，诬陷郦范制造船只，买卖珠玉，与境外贼人相勾结，有谋反迹象。若真如此，便是死罪，并会被族诛，可见当时拓跋伊利用心之险恶。

此时孝文帝已经亲政，他并未听信谗言而处罚郦范，反而下诏肯定了郦范在青州任上的作为，对其好生安抚鼓励，同时惩处了诬告郦范的青州镇将拓跋伊利。诏书云："卿身非功旧，位无重班，所以超迁显爵，任居方夏者，正以勤能致远。虽外无殊效，亦未有负时之愆。而镇将伊利妄生奸挠，表卿造船市玉与外贼交通，规陷卿罪，窥觎州任。有司推验，虚实自显，有罪者今伏其辜矣。卿其明为算略，勿复怀疑。"就这样，郦范算是又躲过了一劫，得以继续留任青州刺史。

太和十二年（488年），六十一岁的郦范卸任青州刺史，偕家眷一起回到平城。一年之后的太和十三

古本《魏书·郦范传》书影

年（489年），郦范病逝于平城，享年六十二岁，谥号穆公。

郦范的一生虽非轰轰烈烈，但身为北魏的"四朝老臣"，他以超群的政治智慧和勤勉务实的做事风格深得朝廷内外的赞许。

后世的史家给予郦范很高的评价。唐朝人编纂的《北史》对郦范的聪慧、干练以及做人做事的圆融通达给予了四个字的评语："智器而达"，字虽不多，但颇为中肯。

第三章
道元的少年时代

先公以太和中，作镇海岱，余总角之年，侍节东州。至若炎夏火流，闲居倦想，提琴命友，嬉娱永日，桂笋巡波，轻林委浪，琴歌既洽，欢情亦畅，是焉栖寄，实可凭衿。

——《水经注》

　　无数的事例证明，一个人青少年时期的生活环境和生活经历，对其性格的塑造以及世界观的形成起着至关重要的作用。郦道元虽一生为官，但他的仕途却并不顺遂。他不畏权贵、爱憎分明、讲求大义、敢作敢为，有时还我行我素，其行为方式令不法之人畏惧，也为某些权贵所排挤甚至构陷。郦道元以他特有的行事风格得到了百姓的拥戴，也赢得了后世人们的广泛赞誉。很显然，郦道元的性格和行事风格与他的父亲郦范是不一样的，甚至可以说是性格迥异。这就引出一个问题，郦道元这种特立独行的人格特征是如何形成的呢？

　　一直以来，郦道元的出生年份众说纷纭，莫衷一是。郦道元究竟出生在哪一年？这一问题之所以引起了包括一些郦学家在内的许多人的关注，主要是人们希望以此来判定郦道元的出生地，进而较深入地了解郦道元童年时期的生活经历，从而探寻他最初的人生阶段生活环境对其性格形成所产生的影响。

　　除此之外，郦道元另外两段人生经历更为引人关注。其一是"总角之年"，郦道元跟随父亲郦范在青州的生活经历。其时郦道元正处于人生成长的关键阶段，即"青春期"，这段难忘的人生经历，对他日后的人生观、价值观以及为人、做事、读书、著述均产生了重要影响。其二是郦道元的父亲去世以后，不到二十岁的郦道元在范阳郡涿县（今河北省高碑店市境内）的郦亭沟畔为父丁忧的生活经历。这里是郦道元的家乡，古为督亢膏腴之地，自古多慷慨侠义之士。燕下都、黄金台、督亢亭、荆轲馆、樊馆、刘备故里、张飞故里、卢氏故居、燕长城、易水河、巨马水、督亢沟，这些古迹承载着古督亢地所特有的智慧、忠勇、慷慨、侠义的文化特质，深深地刻印在郦道元年轻的脑海之中。从后来郦道元在官场中的表现来看，在为父丁忧期间的所见、所闻、所感，对其人生观、价值观的形成起到了非常重要的作用。忠于国家，不畏艰难，不怕牺牲，勇往直前，成为郦道元一生最重要的精神品质。

让我们回到一千五百年前郦道元出生和成长的地方，去了解一下郦道元青少年时期与众不同的人生经历吧。

第一节 郦道元出生之谜

在《魏书》和《北史》等史书中，郦道元的传记较为简略，并没有其出生年份、地点、母亲姓氏等细节的记载，这就给后世学者留下了诸多谜团。

谜团之一，郦道元究竟出生于哪一年？这个问题可谓众说纷纭，莫衷一是。清代著名郦学家杨守敬先生在《水经注疏》中认为，郦道元出生于太和九年（485年）；丁山先生在《郦学考序目》中认为，郦道元出生于皇兴元年（467年）；赵贞信先生在《郦道元生卒年考》中给出了两个年限，一个是和平六年（465年），另一个是延兴二年（472年）；日本人森鹿三在《郦道元传略》中认为郦道元生于皇兴三年（469年）；段熙仲先生也认为是皇兴三年；陈桥驿先生在充分论证的基础上提出郦道元出生于延兴二年。对于以上观点，众多专家都有论据支持，本书在此不展开记述。笔者非郦学专家，只想从常识的角度，用排除法对各位专家的结论加以分析和取舍。

首先，要排除太和九年的说法。理由有二：一是从郦道元弟弟的年龄推算，郦道元出生时间应该早于太和九年。郦道元兄弟五人，郦道元为长子。其四弟名叫郦道慎，曾任正平太守，史书明确记载，道慎"正光五年卒，年三十八"。正光五年（524年），上推三十八年是太和十一年（487年）。郦道元的五弟郦道约也见于史书，道约"年六十三，武定七年卒"。武定七年（549年）上推六十三年，恰好也是太和十一年，与道慎同岁。我们知道，除了郦道慎、郦道约之外，郦道元还有两个弟弟，即二弟郦道峻和三弟郦道博，是否有姐妹不知。仅由此判断，郦道元不太可能出生于太和九年，而应该更早一些。二是更为重要的一点，即郦道元在《水经注》中所说的"余总角之年，侍节东州"的说法。"总角"一词指古代男未冠、女未笄时的发型，后来便成了未成年男女的代称。一般来说，"总角之年"是指十几岁的少年。郦道元的父亲第一次到青州是去打仗，转战多地，不太可能携带家眷。二赴齐鲁之地就任青州刺史时是太和八年（484年），若郦道元出生于太和九年，显然不可能将不满两岁的婴儿说成是"总角之年"。

其次，要排除皇兴三年的说法。原因只有一个，郦道元的父亲郦范从皇兴元年开始跟随慕容白曜在齐鲁征战，于延兴元年（471年）才奉诏回京，其间不可能携带家眷，因此郦道元不可能在皇兴三年出生。

再次，还要排除和平六年和皇兴元年的说法。原因还是"总角之年"的记述。如果出生在这两个年份，郦道元跟随父亲去青州时已经成年，不应再用"总角之年"来表述了。

综上所述，笔者赞同陈桥驿先生的观点，即郦道元出生于延兴二年。这既符合郦范的官场轨迹，也符合郦道元在《水经注》

中"余总角之年，侍节东州"的记述。

谜团之二，郦道元出生地在哪里？之所以会出现这一问题，主要原因还是由出生年份的争议造成的。本书既然认定了郦道元出生于延兴二年，当然要按这一时间郦范为官和居住之地来判断郦道元的出生地。从延兴元年（471 年）开始，郦范在平城担任北魏朝廷的尚书右丞多年，很显然，郦道元应该是出生于北魏的都城平城。除此以外，郦道元出生在老家范阳郡的可能性也是有的，但概率并不大。

谜团之三，郦道元的母亲是谁？这个问题颇为微妙。史书中虽有郦范和郦道元的传记，但都没有提及郦道元母亲的名姓。从北魏的习俗来看，这也属正常，毕竟连尽人皆知的冯太后的名字也没有人知道。但是，郦道元在《水经注》中只字未提及自己的母亲或母亲的家乡，就颇值得玩味了。

笔者注意到一个容易被忽视的问题，那就是郦道元出生时郦范的年龄。史书记载，郦范于太和十三年（489 年）去世，年六十二岁。依此推算其出生年份应该是神䴥元年（428 年），对此学界似乎没有争议。这就引出了另一个问题，如果郦道元出生于延兴二年的话，彼时郦范已经快四十五岁了。退一步说，即使按照有些学者所说的，郦道元出生时间更早几年，那么届时郦范也在四十岁左右了，可谓老来得子。而且不仅如此，郦道元是家中长子，他身后还有四个弟弟。为何郦范生育会如此之晚呢？以当时郦家的家世，二十多岁结婚就已经算晚了，又怎会这样晚才生育子女呢？这就不得不说到郦范的妻子即郦道元的生身母亲了。

郦道元是否为嫡母所生？就一般情况而言，郦道元承袭了父亲的爵位，应该是嫡母所生。但如果考虑到他是家中长子，又是在父亲四十岁以后出生的，是否为嫡母所生就值得探讨了。

由于史书中没有记载郦道元生母的情况，因而后世学者也有一些研究和猜测。在蒋丛发先生所著《地理学家郦道元》一书中，作者提出郦道元生母为范阳卢氏的说法。尽管同为范阳的两大家族联姻有一定的合理性，但笔者并不想采用此种说法，原因有二：一是该书属于历史小说类，书中的细节有诸多演绎和塑造的成分，所以不便引用。二是历史上范阳卢氏与崔浩家族是有姻亲关系的，因"国史之狱"崔浩被杀并灭族，其姻亲范阳卢氏也受株连遭满门抄斩。反观郦范一家却安然无恙，并未受任何影响。由此观之，卢、郦两家应该并无姻亲关系。事实上，笔者赞同郦范的妻子来自汉人世族家庭的推测，只是在没有足够依据的情况下，不想猜测具体家族而已。

说到这里，笔者认为存在如下一种可能：郦范迎娶了一位汉人世族之女后，虽然夫妻感情和睦，婚姻稳定，却一直未能生育子女。直至妻子年龄很大了，为了延绵子嗣，郦范才同意纳妾，于是才有了郦道元兄弟五人的先后降生。此种推测或许稍有不敬，但唯有如此，才能在一定程度上解释郦范老来得子以及郦道元著述中不愿提及生母讯息的谜团。从郦道元的四弟、五弟同岁的记载看，似乎在一定程度上也印证了上述观点。当然，还存在另外一种可能，那就是郦道元并非郦范的第一个子女，在他之前还有若干个姐姐，只是由于都是女孩，史书并没有记载，这种可能性也不能排除。

　　随着郦学的进一步发展，有关郦道元的生年及生母的情况或许会有更多的研究成果问世，笔者也颇为期待。

第二节 总角之年侍节东州

郦道元在《水经注》中提到自己跟随父亲前往青州一事时，用了"余总角之年，侍节东州"的语句。这里所说的东州是指青州，因为当时青州的治所在东阳，所以郦道元在文中称青州为东州。如前文所述，总角之年是古代对未成年男子的泛称，因此我们知道，郦道元当时年龄还很小，按照郦道元出生于北魏延兴二年（472年）推算，他跟随父亲郦范到青州时也不过十二三岁的年纪。

北魏太和年间的青州坐落在山东半岛中部，东临光州，西接齐州、兖州，西南部与南青州相连，是统辖七郡三十三县的大州，堪称北魏在山东半岛的政治中心。郦范所任青州刺史是手握地方行政大权的封疆大吏，因此郦道元少年时期的成长环境有别于普通人家的孩子，算是比较特殊的。

齐鲁之地自古就有尊师重教的传统，文化底蕴深厚。距离青州不远处就有被称为万世师表的孔子以及亚圣孟子的故里，而与青州咫尺之遥的临淄（今山东省淄博市）是战国后期荀子讲学的稷下学宫所在地。历史上齐鲁之地的名师大儒可谓不胜枚举。史书中虽未记载郦道元在青州读书时的老师是谁，但从他父亲郦范自幼熟读诗书并能进入东宫辅佐太子的经历来看，郦范一定会为儿子聘请淹通经史、博古通今的名儒为师。一方面，年少的郦道元读书不乏名师指点；另一方面，他有条件看到各种书籍，不仅能够博览群书，而且可历览奇书，这为他后来撰写《水经注》打下了重要基础。

根据陈桥驿先生的研究，郦道元在《水经注》中征引的书籍达四百八十种之多，引用碑铭也有三百五十七种，这也从一个侧面反映出郦道元自幼读书数量之多，涉猎范围之广，学识之渊博。

古人云，读万卷书，行万里路。作为青州刺史的长子，在读书之余，郦道元有机会游历山东各地，其中不乏名山大川。在《水经注》中，郦道元记载了大量山东境内的名山、水系、古迹等内容。其中，关于泰山的记录包含了泰山乃汶水源头之一、泰山天门之险、泰山三庙等诸多内容；关于琅琊山的记录很是翔实，具体到琅琊台的规模尺寸为："基三层，层高三丈，上级平敞，方二百余步，广五里……"书中记载的山东境内其他名胜古迹

古本《水经注》书影

还包括：春秋时鲁国的菟裘城，青州境内的冶泉祠，春秋时期齐鲁会盟的文姜台，两汉时期东平国立国之地无盐邑，因避东汉刘秀叔叔名讳而改名的寿张城，还有琅槐古城、马井城、皮丘坑、千佛山、华不注山以及孔子遗迹之龟山、郕邑、中都城等。当然，郦道元在《水经注》中记述最多的还是水，包括巨洋水（今弥河）、济水、汶水（今大汶河）、潍水（今潍河）、淄水（今淄河）、胶水（今胶莱河）、历水、马车渎、巨淀湖、历水陂（今大明湖）等。

以上提到的这些地方，虽然不能确定每一处都是郦道元亲自踏勘过的，但从《水经注》记载的详细程度看，其中绝大多数是郦道元亲临之地。比如，孔子故里、孔庙、孔林是郦道元一定要去瞻仰的地方。当时的孔庙是经三国时期魏文帝曹丕重新修复过的，郦道元在《水经注》中非常详细地记录了孔庙中的大殿、石阙、台基、青松、塑像以及汉魏以来的七块巨大石碑。再如，巨洋水、熏冶泉距离青州城很近，是郦道元经常光顾的地方，在《水经注》中有十分详细的记述：

> 巨洋水自朱虚北入临朐县，熏冶泉水注之。水出西溪，飞泉侧濑于穷坎之下，泉溪之上，源麓之侧有一祠，目之为冶泉祠。……斯地盖古冶官所在，故水取称焉。水色澄明而清泠特异，渊无潜石，浅镂沙文。中有古坛，参差相对，后人微加功饰，以为嬉游之处。南北邃岸凌空，疏木交合。

郦道元少年时经常到访的熏冶泉（今山东省临朐县老龙湾）

这段描写是何等细腻而生动，即便文中没有用"目之"二字，我们也能断定，郦道元当是不止一次踏足此地。

还有琅琊山及琅琊台，也必是郦道元亲临之地。他在《水经注》中对琅琊台的描述，其规模大小与后世丈量的尺寸基本吻合，可见他不仅亲自到过此地，而且做过较为详细的勘察和丈量。

郦道元在青州的五年时间，正是其身体生长发育的重要阶段，也就是我们后世常说的青春期。这样的年龄，往往是人思想最为活跃，好奇心最强，记忆力和行动力都非常强的阶段，同时也是一个人性格塑造和世界观形成的关键时期。虽然我们无法从史书的记载中看到郦道元在这一时期的具体生活状态，但常识告诉我们，此时的郦道元一定是令很多同龄人羡慕的"别人家的孩子"。

身为青州刺史的长子，郦道元能够看到和得到的东西要远远多于普通人家的孩子。即便是他的家中没有，刺史的下属以及周围的人也会想方设法为他寻找，这也属于人之常情。比如，他能看到很多"奇书"，自然与他青州刺史长子的身份是分不开的。在那个年代，书籍是很奢侈的东西，历览奇书更是很多人可望而不可即的事情。

从郦道元的生平来看，他的家教是很好的，造就了他忠诚、正直、好学、务实的优良品质。但从游历和读书方面来看，似乎父母对郦道元的管束并不是很严。一则郦范身为青州刺史，每天公务缠身，不会有太多时间来管教郦道元。二则郦道元还有四个弟弟，按时间推算，彼时他的四弟刚刚出生，他的母亲也不会有太多精力去约束他。三则郦道元毕竟已经长大懂事了，父母可能也会有意识地让他到外面闯一闯，多见世面。由此看来，郦道元在青州时生活自由度还是比较大的，这无形中为他能够历览奇书并游历山东各地创造了有利条件。或许正是在这样宽松的氛围中，让年少的郦道元对山川自然产生了浓厚的兴趣，也使他萌生了日后要撰写一部《水经注》的想法。

应该说，郦道元是在顺境中成长起来的孩子。身为青州刺史之子，郦道元身边自然会聚集一些官员子弟，在不知不觉间，他便理所当然地成为同龄人中的核心人物。虽然不能说是一言九鼎，至少郦道元在小伙伴中间说话是有人听的。不难想象，彼时的郦道元，年轻气盛，风度翩翩，志向高远，前途无量。在这样的氛围中，很容易使他逐渐形成天不怕地不怕、我行我素、特立独行的性格特征。从他成年后的行事风格来看，很显然，这段在青州的成长经历，对他性格的形成有着至关重要的影响。

相对于北魏都城平城而言，三齐之地看似有些偏远，但实则是儒家文化和儒家思想的发祥地。在青州，郦道元不仅研读典籍、增长学问并游历山东各地，同时他也接受到了许多新思想和新观念。

在郦范治理下，彼时青州的对外贸易颇为活跃，与南朝宋的经贸往来很是频繁，南北方人员往来和文化交流也日益增多。在

位于山东省青州市的郦道元塑像

这种情况下，郦道元不仅能够接触到很多的南朝人，还可以看到或购买到许多南朝的服饰、食物、书籍等，这些势必对郦道元的思想产生一定程度的影响和冲击。南朝繁荣的儒家文化和不同的生活方式令他向往，国家长久分裂，同为郦氏后人分属南北两个

政权不能往来，让他感到深深的遗憾。这些都会在年少的郦道元心中留下深深的印记。从他后来以毕生精力完成《水经注》这部涵盖华夏版图的地理著作来看，或许正是从这个时候开始，渴望国家统一、民族强盛的思想，在年少的郦道元心中逐渐萌生和滋长，进而成为其撰写《水经注》的重要思想动力。

五年时间转瞬即逝，随着郦范卸任青州刺史返回平城，郦道元的青州岁月宣告结束。此时意气风发的郦道元或许不会想到，等待他的是突如其来的家庭变故和变幻莫测、荆棘满地的艰难仕途。

第三节 郦亭沟畔为父丁忧

太和十二年（488年），郦范辞去青州刺史之职返回平城。史书虽然没有详细记载这次人事变动的原因，但从事后分析，应该是郦范的身体出了问题。一年之后的太和十三年（489年），郦范在平城去世，享年六十二岁，谥号穆。身为长子的郦道元护送父亲灵柩返回故里，将父亲葬在郦亭沟畔的家族墓地。随后，郦道元住在了老家，为父亲守制三年。

虽然史书中对郦范归葬故里和郦道元为父丁忧一事一笔带过，但细忖之，这三年时光对郦道元而言却是十分重要的。因为此时正值郦道元即将迈入仕途的重要转折阶段，也是他人生观形成的关键时期。

父亲郦范去世时，郦道元的年龄还不足十八岁，这是他少年时期的结尾，也是他成年阶段的开始。他承袭了父亲爵位，例降一等成为永宁伯。从此，郦道元正式担起了郦氏家族的重担。

按照北魏当时的规定，郦道元还不能马上去做官，因为他必须为去世的父亲在家居丧守制三年。就在郦范去世前两年，即太和十一年（487年），孝文帝修订朝廷法令，对官员居丧守制严苛督勉，对不孝行为加以严惩。这不仅是孝文帝以孝治国的体现，

位于河北省高碑店市栗各庄村的郦道元公园

更是北魏王朝追求汉化的重要组成部分。

　　郦道元父亲的墓地具体在何处，目前还不清楚，或者说不知道。但我们大体上知道郦道元为父亲守孝时居住在哪里，这就是传说了一千多年的郦哥庄村（今高碑店市栗各庄村）。这个地方在北魏时期隶属范阳郡涿县（今涿州市），大约三百年后的中唐时期，这里又被划归到了新城县（今河北省高碑店市）管辖。为此，后世一些史料将郦道元故里分别列入涿县和新城县，无形中也造成了郦道元故里分属两县（市）的争议。

　　笔者多次到访过高碑店市栗各庄村，无论是村里的郦道元公园、郦道元雕像，还是曾经发现过的永宁侯铜印，抑或是村民对

"郦哥庄"的解释以及村西南那座无人能说清楚的"官坟",都让人觉得这里一定和郦道元有着千丝万缕的联系。据当地人讲,当年郦道元为父亲守孝时年龄不大,古代名门望族习惯称呼男孩为"哥儿",久而久之村里人便称其为"郦哥儿"了。后世为了纪念郦道元,便将他居住过的村庄命名为郦哥庄,后来几经演变成了郦各庄、栗各庄,此事前文已有过相关记述。虽然我们还不知道郦道元父亲郦范墓地的具体位置,但想必应该距离该村不远。

郦道元在家乡为父丁忧的三年时间都做了什么?史书没有记载,我们貌似无从知晓。但通过他的著述和日后在官场的表现,我们大体上知道他在这三年间看到过什么,是什么深深触动过他的内心。

郦道元的家乡坐落在古督亢之地,也就是战国末期荆轲刺秦王时所持督亢地图所描绘的地方。人常说:燕赵自古多慷慨悲歌之士。我们可以想象,郦道元站在家乡郦亭沟的堤岸之上向东南眺望,约四十华里便是古督亢亭旧址。三百多年后的唐代,在古督亢亭址之上建设了新城县的县城,由此,郦道元的家乡也由原来的涿县划归了新城县,当然这是后话。站在郦亭沟的堤岸北顾,四十华里外便是汉昭烈王刘备故里,那里因刘备、关羽、张飞桃园三结义的故事而声名远扬。距离刘备故里不远处还有范阳卢氏故里。范阳卢氏乃北方名门望族,其始祖卢植为东汉名儒,刘备、公孙瓒等均曾师从卢植,在东汉末年的乱世,卢植堪称中流砥柱,儒宗人望,其学问和胆识令人敬佩。在北魏的朝堂之上,范阳卢氏也有卢玄等人位居高官。站在郦亭沟的堤岸之上向东看去,正

位于河北省高碑店市方官镇的樊於期雕像

东三十华里便是战国义士樊於期曾经居住过的樊馆遗址（今高碑店市方官镇）。当年樊於期为助荆轲行刺秦王，舍生取义，主动献出了自己的头颅，慷慨悲壮，令无数人为之动容。站在郦亭沟的堤岸之上向西瞭望，绵绵太行山脚下便是著名的燕下都遗址，不远处还有燕昭王曾经修筑的黄金台遗址。当然最让人难忘的还是因燕太子丹送别壮士荆轲而闻名遐迩的易水河。

从《水经注·易水篇》我们得知，郦道元曾登临"东西八十许步，南北如减""高数丈"的黄金台，回想当年燕昭王招贤纳士，郭隗、乐毅、邹衍、剧辛等各方面人才"自远而届者多矣"，一时间燕国人才济济，燕国国力也达到了鼎盛。我们还知道，郦道元曾驻足于易水河边，默念起《燕丹子》书中所载的动人故事："荆轲入秦，太子与知谋者，皆素衣冠送之于易水之上，荆轲起为寿，歌曰：风萧萧兮易水寒，壮士一去兮不复还。高渐离击筑，宋如意和之。为壮声，士发皆冲冠；为哀声，士皆流涕。"此情此景，是何等悲壮，何等震撼，正可谓慷慨悲歌，感天动地。我们还知道，郦道元曾经登临燕长城，踏访武阳城，走过荆轲馆，驻足渐离城，睹物怀古，感慨万千。

位于河北省易县易水河畔的荆轲塔

俗语讲，一方水土养一方人。生活在这样一片充满慷慨侠义之风的土地上，郦道元不可能不为其特有的文化所感染、所触动。从他日后不畏强权、疾恶如仇、舍身忘我、勇往直前的行事风格来看，不乏古督亢地所特有的慷慨与豪侠之风。

从《水经注》中的细微之处，我们还能体会到郦道元对自己家乡那种深深的热爱和眷恋之情。对于自己家乡周边的河流，无论大小，郦道元在《水经注》中均有较为详细的记载。诸如巨马水、涞水、易水、圣水、桃水、紫水、督亢沟、郦亭沟、白沟等大大小小的河流，从源头到流经地，再到不同河流之间的交互关系以及周边的历史古迹等，几乎是事无巨细都有记述。特别是郦亭沟，可称之为郦道元家乡的母亲河，虽然河流很小，但惜墨如金的郦道元却不吝言辞，用了较大篇幅加以描述。郦道元在记述郦亭沟上承督亢沟水，下注于巨马水以及流经地的同时，还专门描述了被郦亭沟与巨马水环抱的美丽富饶的家乡：

　　……枝流津通，缠络墟圃，匪直田鱼之赡可怀，信为游神之胜处也。

言辞之间凸显了对家乡的赞美与眷恋之情，情真意切，跃然笔端。

三年丁忧期满，年方二十岁的郦道元返回首都平城。此时的郦道元虽然承袭了父亲的爵位成为永宁伯，但毕竟永远失去了父亲的关心和呵护，初涉官场的他又会拥有怎样的未来呢？

第四章

初涉官场那些年

余以太和十八年，从高祖北巡，届于阴山之讲武台。

——《水经注》

在郦道元为父丁忧的三年间,北魏朝廷发生了两件大事:第一件事是太和十四年(490年)冯太后去世;第二件事是孝文帝拓跋宏正式亲政。冯太后的一生可谓传奇的一生。她出身北燕皇室,国破家亡后,没入北魏宫中为奴。后来凭借自己的聪慧和姑妈冯昭仪的帮助,在北魏宫中立足,并成为文成帝拓跋濬的皇后。拓跋濬英年早逝,冯太后辅佐小皇帝拓跋弘上位,开始临朝称制,成功地平定了乙浑之乱。事实上,从第一次临朝称制开始,冯太后就已经开始了北魏的改革进程,只不过由于帝后之间产生矛盾,致使冯太后放弃了国政大权,回到了后宫,专心教育抚养孙子拓跋宏。及至孝文帝拓跋宏即位,冯太后第二次临朝称制,开启了著名的太和改制。虽然史书中很多把太和改制的功绩记在孝文帝头上,但事实上冯太后才是北魏太和改制的最重要的推手。至少在太和改制的前十年,包括"三长制"在内的众多改革措施都是冯太后一手推动的。毫不夸张地说,北魏太和改制之所以能够成功,北魏之所以能够迎来一个鼎盛时代,其功绩要首推冯太后。

冯太后去世后,年轻的孝文帝拓跋宏正式亲政。他接续了祖母冯太后开创的改革局面，开始了更为波澜壮阔的改革进程。如果把北魏的太和改制看作一场接力赛跑的话，那么冯太后当然是第一棒，她的起跑、交棒都很精彩，随后这个接力棒传递到了孝文帝拓跋宏的手上。拓跋宏接棒后，随即开始了"冲刺"般的改革。

郦道元回到平城时已是太和十六年（492年），此时正值孝文帝亲政后的第三年，北魏的太和改制也渐入高潮。孝文帝拓跋宏是一个志向远大的皇帝，亲政后不久就秘密谋划迁都之事。几年后，孝文帝便将都城从平城迁往洛阳。在此基础上，孝文帝还开启了一系列的汉化改革，诸如胡姓改汉姓、胡语改汉语、胡服改汉服、改革婚姻制度、改变丧葬制度等。除此之外就是大规模南征，意欲以武力统一中国，结束南北朝分裂之局面。

年轻的郦道元得以亲身经历并参与这场巨大的变革，不能不说是他人生历程中的一件幸事。

第一节 从太傅掾到尚书郎

郦道元进入官场后第一个职务是什么？史书记载稍有不同。据《北史》记载，郦道元第一个职务是太傅掾；而据《魏书》的记载，郦道元第一个职务是尚书郎。综合各种史料，本书认为郦道元所任第一个职务应该是太傅掾，随后才担任了尚书郎一职。

先说说太傅掾究竟是个什么官职。掾字在古代有助手之义，掾吏的职能类似于后世的秘书，是协助、辅佐主官处理日常事务的从员。从这个意义上说，太傅掾是太傅手下的属吏，相当于私人秘书或助手，并不需要朝廷任命，太傅本人遴选即可。

这里有必要再说一下太傅是个什么官。北魏太和年间实行的官制为九品十八级五十四阶，太傅与太师、太保一起并称为"三师"，为正一品上，属官员中的最高职级。俗语云，宰相门前七品官，虽然掾吏看似微不足道，但因为是在太傅的手下，当然有一定的职级，何况郦道元还有永宁伯的爵位。因此，我们可以认为，从担任太傅掾开始，郦道元就算正式进入北魏官场了。

史书并没有记载郦道元是如何成为太傅掾的。但当我们知道当时太傅的姓名时，这个问题的答案就呼之欲出了。查阅史料可知，太和十六年（492年），担任太傅者是在北魏德高望重的老臣拓跋休。

　　拓跋休在北魏政坛可谓举足轻重的人物。他于皇兴二年（468年）封王，先后任征南、征东、征北大将军，使持节、都督诸军事、领护东夷校尉、仪同三司，合隆镇、抚冥镇大将等诸多职务，孝文帝亲政后担任太傅一职。在不久后的孝文帝南征时，拓跋休任大司马，统领军队随驾而行。行军途中，发现有三人在军中行窃，拓跋休准备将这三人斩首。正在此时，接到皇帝诏令，欲将这三人赦免。拓跋休向皇帝进言："陛下亲率大军，长途跋涉，刚走不远便发生奸盗之事，如不严惩，何以服众？"还是坚持要将三人斩首。孝文帝肯定了拓跋休的意见，同时以皇帝之尊为三人求情，才减轻了处罚，三人得以保住了性命。孝文帝对司徒冯诞说："大司马严而秉法，诸军不可不慎。"于是，六军肃然。从这一件小事便可反映出拓跋休在皇帝心中的重要位置。

　　孝文帝之所以如此尊重拓跋休，还因为拓跋休是景穆皇帝（其子拓跋濬追认）拓跋晃之子，论起辈分，孝文帝拓跋宏还要叫他一声爷爷。还记得这个拓跋晃吗？没错，他就是当年郦道元父亲郦范"给事东宫"时的东宫太子。换句话说，郦道元的父亲郦范曾经在拓跋休父亲拓跋晃的府里供职。由此说来，身为太傅的拓跋休，关照一下郦道元也属人之常情，何况郦道元又是才学、人品俱佳，前途无量的青年才俊呢！

　　关于郦道元的婚姻，史书并无记载。有学者推测，郦道元的妻子就是太傅拓跋休的女儿。从人际关系和时空关系来看，这种可能性是有的。北魏早期，拓跋家族讲求婚配一定要有鲜卑人血统。但随着汉化进程的加速，北魏朝廷于太和七年（483年）下令禁绝"一族之婚，同姓之娶"，鼓励鲜卑人与汉人世族通婚，以改革鲜卑人的婚姻旧俗。从这个意义上说，郦道元迎娶一位拓跋家族的女儿做妻子，也属合情合理之事。至于究竟是不是拓跋休之女，笔者掌握的资料尚不够全面，暂不做结论性的判断。

不久之后，郦道元担任了尚书郎中一职。对于郦道元所任的这一职务，《魏书》的说法是："太和中，为尚书主客郎。"这里所说的尚书主客郎，其全称为尚书主客郎中。顺便提一句，虽然《魏书》中有这一记载，但《北史》中并未提及。让我们再看看郦道元在《水经注》中的两处记载吧。其中一处记载是："余以太和中为尚书郎"；另一处记载是："余为尚书祠部是也"，意思是任尚书祠部郎中。从《魏书》和《水经注》的记载看，说法虽有不同，但大同小异。无论是主客郎中还是祠部郎中，都属于尚书省同一级的职务，只是分掌不同部曹而已。

此处简要介绍一下北魏时期尚书省的有关情况。根据杜士铎先生主编的《北魏史》一书所载，北魏建立以后，沿袭效仿两汉及魏晋的做法，实行尚书、门下、中书三省制，其中尚书省是总理全国政务的最高机构。北魏太和官制改革以后，尚书省设吏部、殿中、仪曹、七兵、都官和度支六部，六部分掌吏部、考功、南主客、北主客、殿中、直事、三公、驾部、仪曹、祠部、左主客、右主客、虞曹、屯田、起部、七兵、左中兵、右中兵、左外兵、右外兵、骑兵、都兵、都官、二千石、左士、右士、比部、水部、度支、仓部、左民、右民、金部、库部等三十六曹，下设三十六位郎中，分掌这三十六曹。若抛开郦道元的爵位不说，他所担任的尚书郎中为尚书省的中层职务，其品级并不很高，属正六品官。

如果再进一步探究，郦道元所任的尚书郎中一职，究竟是《魏书》记载的尚书主客郎中，还是《水经注》中所说的尚书祠部郎中呢？抑或是先后担任过两个或多个部门的郎中？坦率地讲，对此很难有定论。从常识的角度说，一个部门的中层官员，互相调动和交流属于常态，对此我们也无须过多纠结。我想读者和笔者一样，只是想知道郦道元具体负责哪些事务而已。查阅相关资料可知，主客郎中主要负责对外、对内的接待、礼宾等事宜，而祠部郎中则负责祭祀、天文、医药等事项。

我们注意到，郦道元在《水经注》卷三中还记载了这样一件事："太和中为尚书郎，从高祖北巡。"很显然，这是指孝文帝拓跋宏宣布正式迁都洛阳后，为安抚北方六镇的人心，于太和十八年（494年）的北巡。孝文帝拓跋宏先是巡视了怀朔、武川、抚冥、揉玄四镇，并下诏给予六镇军民诸多照顾，以安抚北方六镇的军心、民心。之后，孝文帝前往阴山脚下祭拜列祖列宗，并告知祖先迁都洛阳之事。事实上，此次北巡就是孝文帝的一次告别之旅，其中祭拜祖先是重要内容之一。由此推断，至少在太和十八年郦道元跟随孝文帝北巡之时，所任职务应该是主管祭祀等事务的尚书祠部郎中，而非主管接待礼仪的尚书主客郎中。

概言之，郦道元早期的仕途极有可能是这样的：他先是被太傅拓跋休赏识，遴选为太傅掾，协助太傅处理政务。随后太傅拓跋休推荐郦道元担任了尚书主客郎中，跟随孝文帝南征至洛阳，此事本书随后有专门记述。一年后，也就是前文提到的太和十八年，郦道元又转任了尚书祠部郎中，跟随孝文帝北巡至阴山脚下，安抚北方六镇，祭祀列祖列宗。

事实上，无论是尚书祠部郎中还是尚书主客郎中，郦道元都能经常接触到孝文帝拓跋宏，因此也可以认为，此时的郦道元已成为皇帝身边低级别的近臣。

不难想象，在近距离接触过程中，仅仅比郦道元大五六岁的青年皇帝孝文帝拓跋宏所表现出的一统华夏的雄心壮志和一往无前的行事风格，势必令年轻的郦道元心悦诚服。从日后郦道元在官场的表现来看，正是从这个时候开始，郦道元成为孝文帝忠实的崇拜者和追随者，而且毕其一生。

第二节 亲历孝文帝迁都

　　众所周知，北魏是拓跋鲜卑建立的一个强大的北方政权。但从史书记载看，拓跋鲜卑建国之初并不算强大，而且建国的过程很是曲折，可谓命运多舛、历经磨难。拓跋鲜卑曾经历了建国、灭国，而后又复国的过程，并且数次迁都。可以毫不夸张地说，拓跋鲜卑的迁都过程就是其发展壮大的过程。

　　北魏的前身是代国，而代国的建立应该从西晋建兴三年（315年）晋愍帝册封拓跋猗卢为代王算起。此前的永嘉四年（310年），晋怀帝册封拓跋猗卢为代国公，但那只能算是奠定了代国的雏形。拓跋猗卢建立的代国，其都城在盛乐（今内蒙古和林格尔县北）。然而好景不长，在拓跋猗卢被封为代王一年后，内部发生变乱，拓跋猗卢被杀死。此后近二十年间，拓跋鲜卑首领频繁换人，拓跋代国处于混乱无序、日趋衰落的状态之中。

　　东晋咸康四年（338年），代国迎来了一位新的代王拓跋什翼犍。对于代国而言，拓跋什翼犍既是中兴之主，也是亡国之君。正是在他的带领之下，拓跋代国走出了混乱，实现了复兴。但在拓跋什翼犍执政的后期，代国内部发生叛乱，元气大伤，终于在他执政三十九年（376年）之后，被强大的前秦击败。拓跋什翼犍被他的儿子杀死，他的儿子又为苻坚所杀，代国灭亡。

虽然代国亡国了，但拓跋鲜卑的大戏远没有谢幕，或者说又开启了崭新的篇章。十年以后（386年），拓跋什翼犍的孙子，年仅十五岁的拓跋珪，趁淝水之战后前秦政局混乱之际，复立代国。拓跋珪即代王位，地点在距离盛乐城不远的牛川（今内蒙古锡拉木林河）。北魏天兴元年（398年），拓跋珪正式称帝，改国号为大魏，史称北魏，将都城迁至盛乐城。我们知道，在此前的中国历史上，以魏命名的政权无一例外都属于中原国家，如战国时期的魏国、三国时期的曹魏以及十六国时期的冉魏等。为何拓跋珪要将自己建立的草原国家冠以一个中原国家之名呢？这是因为拓跋珪这位

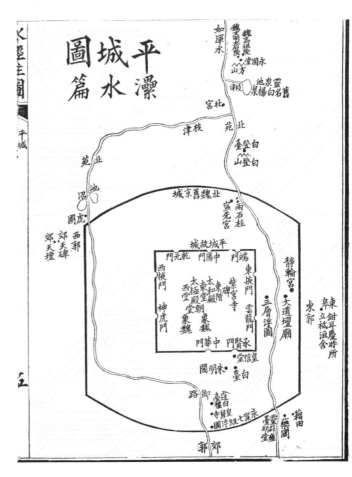

杨守敬、熊会贞绘《水经注图》之平城图

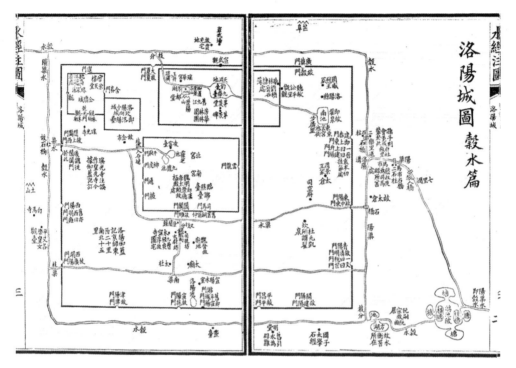

杨守敬、熊会贞绘《水经注图》之洛阳城图

雄才大略的君主，想让所有人都知道自己的雄心壮志，那就是他要带领拓跋鲜卑挺进中原、一雪前耻。不仅如此，拓跋珪还将都城从地处北方草原的盛乐迁至平城（今山西大同），从此，平城便成了北魏的都城。

从道武帝拓跋珪定都平城到孝文帝拓跋宏亲政，差不多有一百年的时间。经过近一个世纪的建设和发展，平城已经成为一座城池坚固、人口近百万、规模宏大的繁华都市。

但随着北魏疆土的不断拓展，平城在地理气候方面的劣势和局限性逐渐凸显出来。第一，由于平城地处塞外，气候寒冷干燥，粮食作物种类单调，产量偏低，越来越难以满足平城日益增长的粮食需求，从南部、东南部粮食主产区向平城一带调运粮食的压力也越来越大。第二，平城距离北方的柔然不远，时常受到柔然的侵扰和威胁。虽然，北魏通过多次征讨，使柔然的势力暂时受挫，但并未从根本上解除柔然对首都平城的军事威胁。第三，自从北魏太武帝拓跋焘统一黄河流域以来，南北朝对峙的局面已基本形成。从当时的情况看，南北朝之间的战争几乎是不可避免的。孝文帝是一个有远大志向的皇帝，他的目标是实现南北朝的统一，但要想攻灭南朝，作为最重要后方基地的平城就显得过于遥远了。第四，既然孝文帝的目标是华夏一统，那么很重要的一件事就是要管理好人口数量占绝大多数的汉族百姓，而要做到这一点，就必须大力推广汉族文化。推广汉族文化的一个重要前提，就是尽可能让北魏的都城距离汉族聚居区更近一些。

因此，在孝文帝看来，北魏都城的南迁乃当务之急，必须尽快实施。迁都去哪里呢？对此孝文帝早已成竹在胸，迁都的目的地选在了古都洛阳。在孝文帝拓跋宏的心目中，洛阳几乎具备一座都城所有的优势条件。诸如洛阳靠近黄河和伊水，农业发达，交通便利，山川环抱，地势优越，此前已有多个朝代在此定都。最为重要的一点，这里是中原汉人的聚居区，堪称汉文化的中心地带。

虽然孝文帝迁都洛阳的主意已定，但他却不敢随意讲出来。因为他知道，一旦提出迁都，定会有很多人反对，过早打草惊蛇，反而会增加事情的难度。特别是对那些鲜卑贵族来说，迁都是一件很难接受的事情。此时的平城已建都近百年，鲜卑贵族的府邸、财产、家人、亲友全都在平城或平城附近，加之这些人早已适应了北方的气候，断然不会支持迁都洛阳。当然，孝文帝也知道，一些汉族大臣包括一部分支持汉化的鲜卑大臣是会支持迁都的。事实上，孝文帝在等待一个契机，一个宣布迁都的合适的机会，很快，这样的机会就来了。

太和十七年（493年）五月，在北魏的朝堂之上，孝文帝拓跋宏正襟危坐，他向朝臣们提出了要倾全国之力南征南朝齐的动议。对这一动议，朝臣们议论纷纷，意见不一。德高望重的任城王拓跋澄站出来反对，认为此时征伐南朝齐条件欠成熟。

孝文帝拓跋宏非常生气，大声训斥了拓跋澄。拓跋澄感觉皇帝有些反常，平日里朝堂上议论国事时，很少如此大发脾气，今天这是怎么了？

散朝之后，孝文帝拓跋宏将任城王拓跋澄留了下来。屏退左右之后，拓跋宏与拓跋澄进行了推心置腹的交谈。当拓跋宏说出"崤函帝宅"四个字时，拓跋澄恍然大悟，原来皇帝是想假借南征之名而行迁都之实！既然皇帝决心已定，任城王拓跋澄当即对拓跋宏的决定表示全力支持。第二天的朝堂之上，南征的动议顺利获得通过。

太和十七年八月，孝文帝拓跋宏拜辞冯太后的永固陵，率领百官及其家眷，步骑三十万（也有说百万），出平城南征南朝齐，身为尚书主客郎中的郦道元随驾而行。

浩浩荡荡的南征大军，从平城一路南行，历经一千多里的长途跋涉，抵达洛阳时已是人困马乏。此时恰逢深秋，阴雨绵绵，道路泥泞难行，这对常年生活在北方干燥地区的鲜卑人来说，简直是难以忍受。群臣哭谏，请求皇帝取消南征。孝文帝见时机成熟，便趁机提出：若不南征，即当迁都洛阳，否则兴师动众，如何能班师回朝？尽管一些鲜卑贵族心中不是很情愿，但为了时下不再受罪，也不敢提出异议。随后群臣齐声应和，高呼万岁，迁都大计获得通过。

次年春，孝文帝拓跋宏又重返平城，召见留守百官，宣布迁都洛阳的诏令，并安排具体迁都事宜。随后，孝文帝巡视北方六镇，并在阴山脚下祭祀列祖列宗，此事前文已有记述。北巡之后，孝文帝率臣僚经平城返回洛阳。

这次孝文帝拓跋宏从洛阳出发，北巡平城、阴山，随后又南返洛阳的行程，郦道元以尚书祠部郎中的身份始终伴随左右。

短短两年的时间，北魏将都城从遥远的塞外平城迁至中原腹地的古都洛阳。亲身经历并参与了北魏迁都这一波澜壮阔的历史壮举，令刚刚踏入仕途不久的郦道元心潮澎湃，热血沸腾。多年以后，当郦道元在《水经注》中回忆那段随驾迁都的岁月，写下"太和中为尚书郎，从高祖北巡""余为尚书祠部是也"的语句时，他的心中一定充满了豪情壮志，他的脸上一定浮现出了骄傲而坚定的表情。

第三节　见证太和汉化改革

迁都洛阳，只是孝文帝大刀阔斧汉化改革的一部分，接下来一系列的维新举措更是让人眼花缭乱，其力度之大，范围之广，令包括郦道元在内的众多北魏官员和士族百姓始料未及。

其一是服饰改革，推行汉服。在古代，服饰不仅是御寒保暖之物，更是文化的载体，文明的象征。正因如此，当永嘉之乱后，大批北方汉人投奔南方的东晋政权时，被史家称为"衣冠南渡"，言外之意是，我们中国的传统文化随着穿着汉服的人们南渡到东晋，而北方则是"中原地陷"造成的文化荒芜之地了。早在战国时期，赵武灵王在赵国推行"胡服骑射"，虽然在军事上取得了一定成就，但还是遭到了很多人的坚决抵制，以致后来推行不下去了。在古代，服饰改革的难度由此可见一斑。

这次北魏孝文帝大力推行服饰改革，其进一步增进胡汉民族融合之目的不言而喻。鲜卑族最初生活在大草原上，以游牧为生，与此相适应的服装是男子左衽装，妇女穿夹领小袖口装，并习惯带帽子。随着鲜卑人逐渐转向定居的农耕生活，已经没有必要再穿着马背上的服装了。太和十八年（494年），孝文帝下诏，禁止少数民族士绅百姓穿胡服，规定鲜卑人和北方其他少数民族的人，无论身份如何，一律改穿汉人服装，朝廷百官也都要穿汉族式样的朝服。尽管这项改革在推行过程中遇到了一些阻力，但由于孝文帝态度坚决，措施严厉，穿着汉服的规定基本得到了落实。

其二是语言改革，推广汉语。语言是文化最重要的载体，学习任何一种先进文化，首先必须消除语言障碍。孝文帝改革之前，北魏的官方语言是鲜卑语，其特点是多音，与汉语的单音读法完全不同。语言上的差别在很大程度上限制了鲜卑人和汉人之间的交流与融合。鉴于此，孝文帝决定强力推行语言汉化改革。相较于服饰改革，推广汉语的难度似乎更大一些，因为有些鲜卑人抵触情绪很大，还有很多鲜卑官员不说汉语甚至根本不会说汉语。孝文帝提出，要从鲜卑官员做起，一律讲汉语，否则免去官职。太和十九年（495年）六月，孝文帝正式发布诏令："不得以北俗之语，言于朝廷，若有违者，免所居官。"这样做实际上就是取消了鲜卑语作为北魏官方语言的地位。此后，还规定：三十岁以上说鲜卑语的人，可以有一个改正期；三十岁以下并在朝中任职的人，不再允许继续说鲜卑语，否则降爵黜官。这些强力措施还是很有效的，鲜卑语渐渐淡出了北魏的朝堂与民间。

其三是姓氏改革，胡姓改汉姓。俗语讲，行不更名，坐不改姓，一个人的名字可以改，但姓氏一般是绝对不会改的。但孝文帝为了进一步推行汉化，决定修改鲜卑人的姓氏。汉族因为其语言是单声语而姓氏多为单字，诸如张、王、李、赵等，而鲜卑族因其语言多为缀语而姓氏多为复姓，如拓跋、丘穆陵、步六孤、贺赖、勿忸于、尉迟等。孝文帝认为，鲜卑语被禁止使用后，鲜卑复姓也应该随之改成与汉族一致的单字姓氏。太和二十年（496年）正月，孝文帝下诏："北人谓土为拓，后为跋。魏之先出于黄帝，以土德王，故为拓跋氏。夫土者，黄中之色，万物主元也，宜改姓元氏。"

随即，孝文帝拓跋宏首先从皇室改起，将拓跋皇室所有人的姓氏由拓跋改成元，从此，孝文帝拓跋宏便被称为元宏。同时，孝文帝要求其他少数民族姓氏也都要改成汉姓。其中，与皇室相联的姓氏全部改姓，比如：纥骨改为胡，普改为周，伊娄改为伊，丘敦改为丘，乙旃改为叔孙，车焜改为车。其余的少数民族也都修改了姓氏，诸如：拔拔改为长孙，达奚改为奚，丘穆陵改为穆，步六孤改为陆，贺赖改为贺，独孤改为刘，贺楼改为楼，勿忸于改为于，尉迟改为尉……改姓以后，鲜卑族姓氏与汉姓已别无二致，单就姓名而言，已经很难有汉人和鲜卑人之分了。在孝文帝心目中，这正是他希望达到的效果，那就是弥合民族之间隔阂和矛盾，胡汉一家，实现真正意义上的民族团结、国家统一。

其四是婚姻改革，倡导胡汉联姻。早在冯太后主政之时，就下令禁绝同姓婚姻。孝文帝迁都洛阳后，效仿当时汉族士庶不婚的惯例，在鲜卑贵族中推行婚姻士族化，严禁非类互婚。在此基础上，为促进鲜卑和汉族进一步融合，孝文帝大力提倡门阀基础上的鲜卑人与汉人通婚。他带头纳范阳卢敏、清河崔宗伯、荥阳郑羲、太原王琼、陇西李冲等汉人世族官员的女儿以充后宫。他还亲自为六个弟弟聘室，其中咸阳王元禧聘故颍川太守陇西李辅之女，河南王元干聘故中散大夫代郡穆明乐之女，广阳王元羽聘

位于河南省洛阳市龙门石窟的孝文帝礼佛图

骠骑谘议参军荥阳郑平城之女，颍川王元雍聘故中书博士范阳卢神宝之女，始平王元勰聘廷尉卿陇西李冲之女，北海王元祥聘吏部郎中荥阳郑懿之女。六个王妃中，除代郡穆明乐之女出自鲜卑八大贵族之一外，其余都是中原的著名汉人大世族。

其五是丧葬改革，严禁鲜卑人死后归葬代北。鲜卑人兴起于北方草原，代北是他们的故乡。鲜卑人乡土观念还是很强的，几乎每个鲜卑人都希望自己去世以后能够归葬在北方的故土。但孝文帝知道，这虽属人之常情，但这种观念严重阻碍了鲜卑人与汉人的文化融合。为了断绝一些鲜卑人的北还思想，孝文帝发布诏令："迁洛之人，自兹厥后，悉可归骸邙岭，皆不得就茔恒代。"这就意味着，迁到洛阳的鲜卑人，死后都要葬在洛阳附近邙山，不得回恒州（迁都洛阳后平城改称恒州）和代地安葬。就这样，迁到洛阳的鲜卑人，其户籍全都成为河南人，随着时间的推移，洛阳便逐渐成为很多鲜卑人的故乡。

此外，孝文帝还下诏免除迁户三年租赋，鼓励他们在朝廷新授给的土地上耕种，其中许多人还被选为羽林、虎贲，充当禁卫军。随后又下诏去长尺，废大斗，改重秤，颁行全国。

虽然当时郦道元年仅二十多岁，仅仅属于较低级别的北魏官员，但他目睹并亲身参与了北魏建国以来最重大的改革进程，看到仅仅比自己大五六岁的孝文帝以如此宏大的气魄和巨大的手笔，领导、推动了这场重要变革，让他对孝文帝崇敬有加。钦佩之余，郦道元不由自主地成为孝文帝的坚定拥护者、真心崇拜者和忠实追随者。

在日后的仕途中，郦道元还会遇到许多风风雨雨，经历不少起起落落。但不管环境如何变化，他始终初心不改，矢志不渝，勇往直前。不能不说，在此后的官场生涯中，他的坚定，他的无畏，他的执着，他的一往无前，或多或少都能从这一段经历中找到影子。

第四节 御史台连坐免官

郦道元跟随孝文帝返回洛阳后不久，便得到了一个人的举荐，举荐他的人就是李彪。当时李彪刚刚就任御史中尉不久，急需一位得力助手，他对郦道元的人品和才学颇为欣赏，便向朝廷举荐郦道元担任了御史台的治书侍御史一职。

治书侍御史是个什么官呢？在北魏，御史台的长官是御史中尉，拥有监察百官之权。治书侍御史是御史中尉的属官，史书称之为御史中尉的"佐贰"官，意思是辅佐御史中尉的副职，类似后世所说的"二把手"。按照当时北魏的官制，御史中尉品级为从三品，治书侍御史的品级为正五品上。在治书侍御史之下，还有侍御史、殿中御史、检校御史等品级更低的官员。御史台的官员虽然品级普遍不高，但因其拥有监察百官的权力，所以很受重视，甚至可以说很是威风。史书中对献文帝时期一位治书侍御史有这样的描述："弹纠非法，当官而行，无所畏避，甚见称赏。"治书侍御史的权威由此可见一斑。

郦道元所担任的治书侍御史，职权范围很广，包括监察和弹劾较高级别的官员，依法审理疑难案件，分掌不同令曹，管理图集文书，协助御史中尉处理御史台日常事务等项。我们不难想象，以郦道元的能力和性格，自然很快就成为御史中尉李彪最得力的助手和干将。

两年以后，一桩突如其来的事件，中断了郦道元本来顺风顺水的仕途。这究竟是怎么回事呢？我们还得从北魏的两个著名官员说起。

在北魏太和年间，朝堂上有两位李姓汉族官员很是抢眼，一位是孝文帝太和改制时最为倚重的重臣李冲，另一位则是负责监察百官的御史中尉李彪。正是由于李冲和李彪在太和二十一年（497年）的矛盾冲突，导致了郦道元第一次被连坐免官。要弄清事情的原委，还要从李冲和李彪二人的人生经历以及相互之间的恩怨讲起。

李冲是陇西贵族出身，他的曾祖父是西凉武昭王，他的父亲曾任北魏的镇北将军。李冲虽然幼年丧父，但得到了兄长荥阳太守李承的抚育和培养。李冲自幼读书，博闻强记，学识渊博，很年轻时就步入北魏官场。孝文帝即位后，李冲任秘书中散、内秘书令、南部给事中等职。太和十年（486年），李冲上疏建议实行三长制，成为太和改制的重要拥护者和推动者。《魏书·食货志》记载了李冲的上言："宜准古五家立一邻长，五邻立一里长，五里立一党长。长取乡人强谨者。邻长复一夫，里长二，党长三。所复，复征戍，余若民。三载亡愆则陟用，陟之一等。其民调：一夫一妇帛一匹，粟二石。民年十五以上未娶者，四人出一夫一妇之调。奴任耕、婢任绩者，八口当未娶者四。耕牛二十头，当奴婢八。其麻布之乡，一夫一妇布一匹。下至牛，以此为降。大率十匹为工调，二匹为调外费，三匹为内外百官俸，此外杂调。民年八十以上，听一子不从役。孤独、癃、老、笃疾、贫穷不能自存者，三长内迭养食之。"从李冲的上书来看，他高瞻远瞩，虑事周全，方案可行性很强。《魏书·李冲传》中还有如下记载："旧无三长，惟立宗族督护，所以民多隐冒。五十、三十家，方为一户。冲以三正治民，所由来远，于是创三长之制而上之。文明太后览而称善。"由此来看，李冲得到皇帝的信任和重用是顺理成章的事情。

不久后，李冲升任中书令、散骑常侍，转南部尚书，赐爵顺阳侯。史书记载，由于李冲才学过人，而且相貌出众，深得冯太后的宠信，不仅身居要职，还晋爵陇西郡公。后来，孝文帝进行了爵位制改革，拓跋姓氏以外的爵位例降一等，李冲又被册封为荥阳郡侯，拜廷尉卿，迁侍中、吏部尚书。冯太后去世后，李冲继续为孝文帝的改制出谋划策，特别是对孝文帝迁都洛阳一事给予了全力支持，因而深受孝文帝的器重。

李彪虽然也姓李，但与李冲并无任何亲属关系。李彪是丘顿卫国人，出身寒门，从小就成了孤儿。但他少有大志，自幼跟随当地一名儒生读书，由于读书刻苦，加之天资聪颖，很快就小有名气。后来，他被一位鲜卑贵族平原王陆叡带到了平城，开始在其府上教书。靠着陆叡和一些同乡官僚的推荐，李彪结识了当时很受冯太后宠信的李冲。地位寒微的李彪，性格耿直，不愿折腰事权贵，在当时北魏的社会环境下，几乎没有机会从政。但位高权重的李冲非常欣赏李彪的才学，对他礼敬有加，不仅在生活上给予照顾，还经常向冯太后推荐，使李彪出任了中书省博士。此后，李彪任中书博士长达十多年，学问、人品有口皆碑。太和七年（483年），李彪奉命出使南齐，不辱使命。此后李彪又陆续奉命出使南齐六次之多。这之后，李彪又先后出任秘书丞、秘书令等职，并于太和十八年（494年）出任御史中尉。孝文帝能将监察百官的重任交予李彪，足见对他的充分信任。

太和二十一年（497年），李彪被孝文帝升为散骑常侍（正二品下），度支尚书，仍兼任御史中尉。孝文帝对李彪的评价甚高，他曾对李冲说："崔光的博学、李彪的正直，乃是北魏得人才之基础。"这年八月，孝文帝元宏再度南征南朝齐，命任城王元澄、尚书左仆射李冲、度支尚书兼御史中尉李彪留守京城洛阳处理政务。

在孝文帝看来，留下此三人在洛阳主持政务，定是万无一失，绝无后顾之忧。但他万万没想到的是，不久之后传来噩耗，李冲和李彪在朝堂之上发生激烈冲突，李冲气病而亡，李彪被关进了监狱，一些朝臣上疏要求判处李彪死刑。

关于李冲和李彪二人因何交恶，史料中有颇多记载，但因头绪较多，本书不在此详述。综合而言，原因无外乎以下四个方面：其一，虽然李冲对李彪有知遇之恩，但随着李彪地位的不断上升，二人的心理产生了较大变化，因而变得逐渐疏远乃至滋生出对立情绪；其二，北魏虽然经历了大规模的改制革新，但门阀思想和门第观念根深蒂固，出身陇西贵族的李冲和出身寒门的李彪终究不是一路人，发生矛盾是迟早之事；其三，李彪身为御史中尉，查办、弹劾了众多官员，其中不乏贵族甚至皇族的官员，必然遭到很多人的记恨，对此，李冲对李彪的负面看法也越来越多；其四，李彪兼任度支尚书后，拥有了财政大权，与当时担任尚书仆射统领政务的李冲势必有很多互动，以李彪的行事风格，二人发生误解和矛盾几乎是不可避免的事情。如若再掺杂一些个人利益纠葛，那就真的难以调和了。

南征途中的孝文帝对李冲之死很是伤心，泪流不止。他下诏要求厚葬李冲，并赠谥号为文穆。李彪对自己的行为也很后悔，向皇帝请罪。太和二十二年（498年）孝文帝下诏免去了李彪担任的职务，同时郦道元也被免官。

郦道元之所以和李彪一起被免去官职，是源于北魏实行的官员连坐制度。在中国的历史上，官员的连坐制度古已有之，到北魏时仍被沿用。官员之间的职务连坐也称职坐，主要指同一官僚机构成员的连带惩罚。大体可分为三类，一是上级犯事，下级僚属均要受到惩罚，用以强化下级僚属对上级官员的连带责任，激发下级对上级的规约。二是下级犯事，上级官员要受到连带惩罚，用以强化上级官员对其僚属的连带责任，督促上级官员对属下行为的监管。三是同一官僚机构内任何人犯事，上下级官员及其他所有同僚均要受到处罚，用以强化整个官僚机构中人员的连带责任，鼓励官僚成员之间的相互监督。由于郦道元的直接上司御史中尉李彪犯错被免，作为李彪最重要属官和助手，按照北魏官员连坐制度之规定，郦道元也连坐免官。

太和二十三年（499年），孝文帝元宏在南征途中患病，病情很快加重，不久后病逝于谷塘原行宫，年仅三十三岁，谥号孝文皇帝，庙号高祖，后安葬于长陵。

如果说郦道元丢掉官职让他有些郁闷的话，那么孝文帝的突然离世，就让他对北魏的未来忧心忡忡了。

在郦道元的心目中，孝文帝元宏是一个年轻有为、具有雄才大略的君主，在他的领导之下，北魏国力日益强盛，很有希望在不久的将来，由北魏来实现南北朝的统一，从而结束近两个世纪以来的南北分裂局面。如今孝文帝突然离世，北魏的政局又会如何演变呢？对此，郦道元的心中并不感到乐观。

从后来的情况看，孝文帝元宏的突然病逝，成为北魏王朝的一个重要转折点。此后的北魏皇帝虽然数度征伐南朝，但随着北魏国力的不断下降以及朝政的日趋混乱，郦道元心中那个华夏大一统的梦想似乎越来越渺茫了。

第五章

外放州郡留政声

景明中，为冀州镇东府长史。……道元行事三年，为政严酷，吏人畏之，奸盗逃于他境。

——《北史》

　　孝文帝去世以后，太子元恪继皇帝位，史称宣武帝，改年号为景明。不久之后，郦道元被宣武帝重新起用，外放地方为官。郦道元为何会在此时被重新起用呢？这与当时北魏的政治形势是分不开的。

　　宣武帝继位后，基本上沿袭了孝文帝的治国方略。一方面，对外继续与南朝作战；另一方面，对内继续推行汉化。

　　宣武帝在位时期，北魏与南朝梁的战争几乎连年不断，直至宣武帝去世。史书记载，北魏景明五年也是正始元年（504年），北魏与南梁在襄、沔一带以及淮南、益州等地交战；正始二年（505年），北魏与南梁在胶水（今山东东部）、荆州（今湖北襄阳市北）、东陵（今安徽合肥市西）、徐州等多地互相攻伐；正始三年（506年），北魏与南梁在梁城（今安徽寿县东北）、宿预（今江苏宿迁县东南）、合肥、霍邱、固城（今山东峄县）、朐山（今江苏东海县）等地激战；正始四年（507年），北魏与南梁又激战于钟离；正始五年（508年）、永平二年（509年），北魏与南梁又在义阳等地交战……元恪之所以被称为宣武帝，是和他发动与南朝大规模的战争分不开的。虽然宣武帝时期北魏与南朝梁的战争互有胜负,但总体上北魏是有一定收获的,那就是通过战争使北魏的疆域得以进一步向南拓展。

从某种意义上说,战争打的是钱粮,是后勤供应。连年征战,必然会造成国库空虚,钱粮紧张。对于北魏而言,亟须加强粮食生产以及地方行政管理,特别是要将地方宗族豪强隐匿的钱粮征收上来,以弥补国库钱粮之不足。为此,宣武帝元恪采取了对内进一步推行汉化的措施,实行文治,强化儒家教育,以此来抵消和化解地方宗族势力的影响。

宣武帝继位后不久便下诏:"今始览政务,义协维新,思使四方风从率善。"为了推行汉化,宣武帝开始大量任用汉族官员管理地方事务,特别是对那些从南朝归化至北魏的州、郡、县,有很多地方都派去汉族官员担任行政长官。正是在这样的背景之下,郦道元被北魏朝廷重新起用,开始了长达十五年的地方州郡从政生涯。

第一节 为政严厉的东府长史

前文提到，宣武帝元恪继位后，郦道元被重新起用，外放地方为官。那么他起复后所任的第一个官职是什么呢？对此，《魏书》中并未提及。好在《北史》中有"景明中，为冀州镇东府长史"的记载，让我们知道了郦道元外放后的第一个职务是冀州镇东府长史。

冀州镇东府长史究竟是个什么官职呢？要说清这件事，还得从北魏的地方军政管理体制讲起。其时，北魏实行州、镇并存的制度。镇的地位相当于州，有些镇甚至比州的分量还要重一些。一般而言，北魏疆域的北部有镇无州，比如我们熟知的北方六镇；东、西、南三边州、镇并存，州刺史大都兼任镇将。也就是说，在一个州刺史之下，往往设有军政两套班子，其中军府的属官有长史、司马、谘议参军、录事参军、功曹参军等；州佐则包括别驾、从事史、治中从事史、州都、主簿等。

按北魏《职员令》的规定，上州的刺史、镇将一般为正三品，州的长史品级一般为正五品或从四品。冀州乃古代九州之首，在北魏也属大州，治所在信都（今河北省衡水市冀州区），领四郡二十一县，主要管辖区域在今河北南部、河南北部及山东西部一带，

冀州古城墙遗址（今河北省衡水市冀州区）　李保生 摄

是北魏非常重要的地区。就冀州所处的位置及管辖范围而言，自然会被列为上州。依当时北魏的官制，身为冀州镇东府长史的郦道元，其品级应该是从四品，具体官阶应为从四品下。

　　这里还有一个问题，郦道元是哪一年出任冀州镇东府长史的呢？史书中说的"景明中"具体是指哪一年呢？查阅史料可知，景明是宣武帝元恪的第一个年号，共计五个年头，即景明元年（500年）正月至景明五年（504年）正月。史书虽然记载了郦道元出任冀州镇东府长史的大概时间，但具体年份不够明确。考虑到《北史》中习惯将年号的第一年和最后一年分别用"初"和"末"来记载（同一篇文章有"孝昌初，梁遣将攻扬州"语），我们排除景明初年（500年）和景明末年（504年），综合其他一些史料，采用景明二年（501年）作为郦道元这段经历的起始年份，这也和许多专家学者的意见相一致。

彼时的冀州刺史兼镇将是鲜卑贵族、太尉于拔之子于劲，他的女儿是当朝的顺皇后。换句话说，于劲不仅是外戚，而且是当朝皇帝的岳父，可见他的地位还是很高的。事实上，当时于劲不仅担任冀州刺史，而且官拜征北将军，封太原郡公。史书记载，景明二年至景明四年（503年），冀州刺史于劲并没有在冀州本任，他奉皇帝之命带兵西讨关中地区，冀州的军政事务交由镇东府长史郦道元掌管。换言之，此时郦道元这个冀州镇东府长史可以代行刺史之权。那么郦道元在这一岗位上具体表现如何呢？对此，史书记载不详，《北史》中只有短短几句话："道元（在冀州）行事三年，为政严酷，吏人畏之，奸盗逃于他境。"

乍看起来，史书记载确显简略，但细读之，又觉颇有深意。比如"吏人畏之"中的"吏"是指哪些人呢？他们又为何畏惧郦道元呢？要想弄明白这几句话中的深意，还得从北魏地方管理体制的变革说起。

在太和改制之前，北魏实行的是宗主督护制。所谓宗主督护制，是指北魏朝廷任命豪强地主为宗主以督护百姓的制度。在南北朝时期乃至之前的汉魏时期，宗主督护制是普遍存在的。由于这些宗主实际控制了地方上诸多土地和人口，甚至还有自己的武装和军队，从而在很大程度上影响着国家的税赋征收、徭役征发以及社会的稳定。随着宗主豪强势力的日益强大，隐冒民户数量的情况日趋严重，致使以人口计数的国家税收大量减少。《魏书》

记载，在太和改制前，定州、冀州、相州、青州和东青州五个州，共检括出隐冒民户十万余户，平均每州二万余户，情况之严重由此可见一斑。如果你看过电视剧《琅琊榜》，一定会对剧中江左盟宗主梅长苏印象深刻。事实上，在南北朝时期，不仅南梁的宗主势力十分强大，北魏的宗主势力更是有过之而无不及。

我们熟知的北魏太和改制，改革内容有很多，但核心内容是改革地方治理体系，其中最为重要的是对宗主督护制进行改革。从历史发展的脉络看，真正使宗主督护制淡出历史舞台的改革措施，正是北魏太和年间推出的均田制和三长制。

所谓均田制，其核心内容是：国家将土地主要是无主的土地，按人口数量分给底层农民耕种，农民向国家交纳租税并承担一定数量的徭役。这样一来，很多原来为宗主耕种的农民有了自己的土地，便不再依附于地主豪强，成为自耕农。为了配合均田制的推行，北魏又建立了一套可有效控制地方百姓的基层行政管理制度，即三长制。其主要内容是：相邻的五户立一邻长，五邻立一里长，五里立一党长，三长之间为直接上下级关系，统归县令管辖。三长的主要职责是检查户口、监督耕作、征收租调、征发兵役及徭役。

随着时间的推移，北魏以均田制和三长制为核心的基层行政管理体制逐渐完善，慢慢取代了此前的宗主督护制。通过改革，北魏经济社会快速发展，国力达到了鼎盛。

到宣武帝景明初，北魏的均田制和三长制已推行十五年左右，成效显著。但与很多事物一样，随着北魏改革的不断深化，其负面影响也逐渐显现出来。

由于实行了均田制和三长制，那些地主豪强也就是当年的宗主们的权力受到制约，经济利益也受到一定损害。他们只能通过对基层行政体制的渗透和控制来追求其自身利益。于是，一些地主豪强也就是当年的宗主，摇身一变成为三长乃至县令，成为事实上北魏基层政权的管理者，这也为基层官吏的营私舞弊乃至违法乱纪埋下了隐患。

郦道元任东府长史的冀州是宗族势力比较强大的地区，历史上出现过许多世家大族，例如，在魏晋南北朝时期的名门望族清河崔氏就是其典型代表。实行均田制和三长制以后，冀州和其他很多地方一样，地主豪强对基层政权的渗透和影响逐渐凸显出来。一些基层官吏为了维护宗族豪强的利益，在土地耕种、税赋征缴、徭役征发以及兵役分派等方面，营私舞弊，欺上瞒下。一些人为了达到其不可告人之目的可谓不择手段，甚至有的基层官吏与匪盗串通一气，坑害底层农户，冀州百姓虽多有怨言，但苦于申告无门。

郦道元到任冀州镇东府长史并主持冀州政务后，先是不动声色，暗中多方访查，摸清底细，掌握了许多基层官吏的违法证据，随后雷霆出击，弹劾、罢免了一大批欺压百姓、以权谋私的不法官吏，使冀州官场人人侧目。这样一来，许多平时胆大妄为的官吏大多收敛了言行，不敢再行违法之事。

与此同时，郦道元以威猛之势严厉打击境内盗匪及豪右游侠。从当时情况看，对地方治安危害最甚者当属那些豪族大户，也就是史书中常说到的"豪右"。吕思勉先生在《两晋南北朝史》中，对豪右游侠有这样的记述："从来为地方人民之患者，莫如豪右及游侠，而二者又恒相结。晋南北朝，为纲纪废弛之世，故此二者，为患尤甚焉。"当时的豪族，从事劫掠之事，与盗贼无异。在《魏书·李安世传》中，列举了广平人李波的例子。李波宗族强盛，残酷地掠夺当地百姓。刺史亲自率兵对其讨伐，却被李波击败，足见豪右势力之大，为患之甚。郦道元一手整顿冀州吏治，一手打击豪强的不法行为。对那些以暴力手段与官府对抗的豪强，郦道元毫不手软，派军队进行清剿，用武力予以严厉打击。当地的一些盗匪，由于少了不法官吏的通风报信，也没有了豪强游侠的庇护，便不敢继续为恶，纷纷逃往其他州郡躲避，一时间冀州境内大治。郦道元在冀州为政三年，威名远播。

第二节 出宰两郡的威猛太守

郦道元是何时卸任冀州镇东府长史,卸任后又去了哪里?对此,《魏书》并无明确记载,而《北史》也是语焉不详。既然史书没有明确记载,那我们又如何能够知晓呢?答案是肯定的,这是因为有一个人告诉了我们,这个人就是郦道元。

郦道元在《水经注·洧水篇》中写道:"……故曰长社,魏颍川郡治也。余以景明中,出宰兹郡。"很显然,郦道元在《水经注》中的这段话是在告诉我们,他在北魏景明年间曾出任颍川郡太守。以郦道元著述之严谨,有此明确记载,想必确有其事,不会有错。

前文已经讲过,景明是宣武帝的第一个年号,郦道元于景明二年(501年)出任冀州镇东府长史,并且"行事三年",若排除景明末年(504年)的话,郦道元"景明中"出任颍川郡太守的具体年份应该是景明四年(503年)。

史书中对郦道元为何会被派到颍川郡做太守并没有交代,但我们从彼时颍川郡的情势或可揣度出事情的原委。

颍川郡属于古豫州八郡之一,是大禹的故乡。秦王嬴政十七年(前230年),以颍水而名置颍川郡,为秦三十六郡之一,治所在阳翟（今河南省禹州市）。西汉时期沿用颍川郡建制。东汉末年至三国初期，颍川郡治所为许昌。提到许昌，很多人会联想到"挟天子以令诸侯"的曹操以及东汉末代皇帝汉献帝。没错，当时的许昌称许都，乃汉魏的都城。到了两晋南北朝时期，位于中原腹地的颍川一带战乱频仍，数度易主。北魏兴安二年（453年），原属于南朝领地的颍川为北魏所占据，置郡管辖，治所在长社，即今河南省许昌市以北的长葛市老城。

史书记载，颍川郡钟灵毓秀，孕育出了许多世家大族。司马迁在《史记》中列举了关东豪族九十五家，其中颍川郡就占了十三家，是豪族大姓最为集中的一个郡。其中，陈氏、钟氏、韩氏、荀氏被誉为颍川郡长社四大望族。东汉三国时期曹操手下的著名谋士郭嘉、荀彧、荀攸以及"身在曹营心在汉"的徐庶，皆为颍川郡人氏。东晋时期的名臣、名士虞亮也是颍川郡人，他曾为东晋权臣，在朝廷内有决断政事之权。其时虞亮还兼领江州、荆州、豫州三州刺史，都督七州诸军事，我们熟知的东晋名士、著名书法家王羲之曾在虞亮手下担任参军及司空长史。

由此，我们知道，颍川郡的宗族豪强的势力是很强大的，与冀州相比可谓有过之而无不及。加之颍川郡几十年前还隶属于南朝，其汉人世族的影响更是不可小觑。为了治理好颍川郡，北魏朝廷委派在冀州任上治理有方，且本人又是汉人大族的郦道元出任颍川郡太守，无疑是一件正确的决定。根据北魏宣武帝时期实行的官员选任之规定，郦道元任颍川郡太守时的官阶应为从四品上。

虽然史书中对郦道元在颍川郡守任上的表现未见着墨，但从朝廷随后命他出任鲁阳郡太守一事来看，郦道元对颍川郡的治理应是卓有成效并深得宣武帝认可的。

郦道元在颍川郡太守任上干了多长时间？对此史书中没有明确记载，因此我们也只能根据相关史料加以推断。根据北魏宣武帝时期的官员考格法，官员任期一般要满三年，因此我们可以认为，郦道元担任颍川郡太守的年限应该不少于三年。按照北魏官员考格法之规定，任职满三年并考核为上中者，上迁半阶。由此推断，颍川郡任职三年期满的郦道元，经考核后官阶可上升半阶，升为正四品，具体应为正四品下。

《北史》虽未记载郦道元任颍川郡太守一事，但对他随后担任鲁阳郡太守一事却有较为详细的记述。在总共六百多字的《北史·郦道元传》中，记述其在鲁阳郡太守任上的文字就有五十四个字之多："……后试守鲁阳郡。道元表立黉序，崇劝学教。诏曰：鲁阳本以蛮人，不立大学，今可听之，以成良守文翁之化。道元在郡，山蛮伏其威名，不敢为寇。"

这些记载至少告诉了我们如下三件事：第一件事是郦道元临危受命，"试守鲁阳郡"。所谓"试守"，可以有两种解释：一是试用；二是代理。从郦道元已经担任过颍川太守且政绩卓著来看，显然不需要再"试用"，而应该直接任命才是。因此，这里所说的"试守鲁阳郡"，只有一种可能，那就是因事情紧急，先责成郦道元代理鲁阳郡太守，随后再行任命手续。很多人或许和笔者一样好奇，当时的鲁阳郡究竟是什么情况，以至于北魏朝廷匆忙之间请郦道元前往鲁阳担任太守一职呢？

在北魏宣武帝朝，鲁阳是一个赫赫有名的地方，因为这里是宣武帝元恪即位登基之地。北魏太和二十三年（499年）初，孝文帝元宏亲率大军征伐南朝齐。三月，孝文帝因患病不得不班师回朝。在返回洛阳的途中，孝文帝于四月初一日病逝于谷塘原行宫（今河南省淅川县北）。孝文帝驾崩后，孝文帝的弟弟彭城王元勰和任城王元澄秘密商议，秘不发丧，并派人速告太子元恪。太子元恪抵达鲁阳后才为父亲孝文帝发丧，随后在鲁阳即皇帝位，史称宣武帝。

鲁阳郡原本是南朝领地，是北魏孝文帝通过南征刚刚占领的地区。在宣武帝元恪即位之时，鲁阳郡置郡还不足三年，于北魏而言是一个非常"年轻"的郡，其治所在山北县（今河南省鲁山县）。由于置郡时间不长，又靠近山区，辖区内民风彪悍，难以节制，基层政权相对薄弱，治安状况堪忧。宣武帝情急之下，想到了在冀州、颍川等地执法严厉的郦道元，随即便有了郦道元"试守鲁阳郡"的安排。

第二件事是郦道元在鲁阳表立学校，重教劝学。鲁阳在春秋战国时期属楚国领地，因而在北魏皇帝的诏令中称其为"蛮人"。事实上，南北朝时期的鲁阳郡尽管战略地位非常重要，但由于处在南北两朝的边境地区，经历了太多的战乱，文化教育相对薄弱，百姓接受教育的机会较少。皇帝的诏令中所言"不立大学"，是指鲁阳原本为南朝领地，多为山区少数民族，因而不再郡治所设立大学。从史书记载来看，当时北魏对教育还是颇为重视的。吕思勉在《两晋南北朝史》中有载，早在北魏建国之初，朝廷就提出："以经术为先，立大学，置五经博士，生员千余人。天兴二年（399年），增国子大学，生员至三千。"到太和年间，"改中书为国子学，建明堂、辟雍……又开皇子之学"。北魏都城从平城迁至洛阳以后，皇帝下诏"立国子大学"，又在东、南、西、北四门各设"小学"，大选儒生。

以上说的是北魏都城学校的设立情况。那么在地方上又是怎样的呢？史书记载，早在天安元年（466年），北魏就在地方上设立乡学。郡置博士二人，助教二人，学生六十人。根据郡的规模大小，这一数字还有一些调整。当时的乡学乃郡县之学的统称，但对于县以下而言，州郡之学也称为大学，这也就是皇帝诏令中称鲁阳"不立大学"的原意所指。

郦道元根据鲁阳郡的实际，专门上书朝廷，请求在鲁阳郡治开办大学，并在县党开设"黉序"，即学校，具体为：县立讲学，党立教学，村立小学，通过不同层级的学校教育，培养人才，教化百姓。

朝廷批准了郦道元的奏请，并在诏书中明确提出，希望鲁阳郡通过开办学校"以成良守文翁之化"。诏书中所言"文翁"是西汉时期的蜀郡太守，他因重视教育被誉为公学始祖。应该说，郦道元在鲁阳大兴教育，是做了一件利国惠民的好事，得到了当地世族与百姓的真心拥戴，同时也得到了朝廷的充分肯定。

第三件事是郦道元严厉打击匪寇，维护地方治安。前文提到，鲁阳属南北朝边境地带，或可称为"两不管"之地，加之又靠近山区，给一些土匪和强盗提供了藏身之地和活动的空间。

郦道元就任后不久，便大力清剿当地盗匪。对于在各地为非作歹之徒，郦道元以雷霆之势予以严厉打击，坚决果断，毫不心慈手软。在郦道元的高压之下，鲁阳境内的盗匪纷纷归案。

当地人早就听说郦道元在冀州、颍川等地执法严酷，如今一看果然名不虚传，新任郡守的确是一"狠人"。郦道元的到来让鲁阳郡的不法之徒有了强烈的危机感。于是那些心怀不轨之人再也不敢行违法害民之举，辖区百姓因此得以安居乐业。正如史书中所言："道元在郡，山蛮伏其威名，不敢为寇。"

郦道元在鲁阳郡太守任上一共干了多久？对这个问题，很难给出准确答案，这是因为史书并未记载他出任鲁阳太守的初始年份，其中《北史》中只有"后试守鲁阳郡"的模糊记载。虽然我们难以给出郦道元在鲁阳郡履职的确切时间，但通过相关史料我们了解到，他任鲁阳郡太守的时间是比较长的，至少应该有八九年的时间。前文提到过，郦道元于景明年间，先是担任冀州镇东府长史三个年头，随后在景明四年（503年），出任了颍川郡太守。大抵三年以后，郦道元"试守鲁阳郡"。由于史料对郦道元卸任鲁阳郡太守也就是出任东荆州刺史的年份有明确记载，即延昌四年（515年），因此可以推算，郦道元担任颍川、鲁阳两个郡太守共计约为十二年之久。关于郦道元出任东荆州刺史的有关情况，本书后面一节有更详细记述。

第三节 遭人构陷的东荆州刺史

正是凭借在冀州、颍川、鲁阳等地的不俗政绩，郦道元于宣武帝延昌中，被任命为东荆州刺史，加辅国将军。对此，《魏书》和《北史》均有记载。《魏书》的记载是："累迁辅国将军、东荆州刺史。"《北史》的记载为："延昌中，为东荆州刺史。"

从史书的记载中我们至少知道了两件事。一是在任命郦道元担任东荆州刺史的同时，还加封他为辅国将军。从当时北魏的官制来看，此时的郦道元已经进入从三品官员行列了，具体品级应为从三品上。二是大体上知道了郦道元出任东荆州刺史的时间，即"延昌中"。延昌是宣武帝后期的年号，总共四年（512年至515年）。这里说的"延昌中"具体是指哪个年份呢？如果没有更具体的史料记载，我们只能是推算一下了。但很显然，有一个人似乎不希望我们推算，而是非常明确地告诉了我们，这个人就是郦道元本人。

郦道元在《水经注·卷二十九》中说："余以延昌四年，蒙除东荆州刺史……"这里很明确地指出了，郦道元出任东荆州刺史的年份为宣武帝延昌四年（515年）。

现在，让我们来了解一下东荆州这个地方吧。《魏书·蛮传》

记载，在北魏延兴年间，原属南朝的大阳蛮首领桓诞，拥八万余众归附北魏。所谓大阳蛮，是南北朝时期大阳山一带各少数民族的总称，分布于今湖北京山北及大洪山南支地区。大阳蛮首领桓诞非等闲之辈，他出身于著名的东晋桓氏家族，为桓温、桓玄的后代。桓温乃东晋时期的权臣、政治家、军事家，还被称为书法家，可谓文武双全。桓温也算是晋明帝时期的外戚，他娶了晋明帝司马绍的女儿南康公主。桓温手握兵权，官至大司马，封爵南郡公。他三次出兵北伐，先后为苻坚、慕容垂所败。桓温官拜丞相、录尚书事，还曾效仿曹操奢求朝廷为自己加九锡，但未能如愿。桓温的儿子桓玄，颇有乃父之风，文武兼备。他历任侍中、都督中外诸军事、丞相、录尚书事、扬州牧、进位相国、大将军，晋封楚王。大亨元年（403年）冬，桓玄逼迫晋安帝禅位，建立桓楚政权，改元永始。北府军将领刘裕率军讨伐桓玄，这个刘裕就是后来南朝宋的开国皇帝，也就是辛弃疾在《永遇乐·京口北固亭怀古》中所言"人道寄奴曾住"所指的刘寄奴。刘裕率领的北府军英勇善战，桓玄兵败，后被益州督护冯迁杀死。桓玄被杀时，他的儿子桓诞只有四五岁年纪，被人带着逃入南山部落大阳蛮。成年后的桓诞聪明机智，很快成为大阳蛮的首领。

北魏孝文帝和冯太后对桓诞的归降很是重视，于延兴二年（472年），在比阳（今河南省泌阳县）设东荆州治所，任命桓诞为东荆州刺史，由他自选郡县，并封其为襄阳王。从此，东荆州一带便正式成为北魏疆土。

东荆州在鲁阳郡东南，距离鲁阳郡不远，其地理环境、境内民族构成以及生活习俗也与鲁阳郡相近，这或许就是北魏朝廷将时任鲁阳郡太守的郦道元调任东荆州刺史的原因所在吧。

郦道元出任东荆州刺史之后，仍然沿袭了在冀州、颍川、鲁阳等地严苛威猛的行政作风。或许是因为郦道元已经是一州之长官，因而行事更为大刀阔斧，做事风格比主政冀州、颍川、鲁阳时有过之而无不及。对此，《北史》中用了八个字来表述："威猛为治，如在冀州。"这也为他不久之后被诬告免官埋下了伏笔。

正是由于郦道元不畏权贵、不徇私情、严格执法、雷厉风行的行事作风，伤害了一些权贵豪强的利益，令那些与东荆州有关联的贪官及豪强坐立不安。这些人自然不会坐以待毙，他们想方设法要把郦道元赶出东荆州。

于是，这些人上下串通，联合上演了一出闹剧。史书记载，东荆州一些士绅百姓向皇帝告御状，反映郦道元在东荆州苛行峻法，百姓难以容忍，要求朝廷将郦道元调走，并请求原东荆州刺史寇祖礼回任。《北史》中的记载为："蛮人诣阙讼其刻峻，请前刺史寇祖礼。"

令许多人没有想到的是，北魏朝廷居然很快就免去了郦道元的东荆州刺史一职，而且真的派前任刺史寇祖礼回任东荆州。与此同时，朝廷还责令寇祖礼带七十名戍卒将郦道元护送回京。

细忖之，此事颇有些蹊跷。蹊跷之处有三：其一，到底是谁不能忍受郦道元的威猛行政呢？从常识的角度讲，查处贪官污吏，维护社会治安，是老百姓乐见之事，怎么会去告御状呢？最正常的解释可能是，东荆州的土豪和贪官受不了、坐不住了，才使出了恶人先告状的手段。其二，告状者为何要求原任刺史寇祖礼回任东荆州呢？这本身就不符合常理。只有一种合理解释，那就是寇祖礼在任之时，和东荆州豪强及贪官关系密切，甚至有可能与他们沆瀣一气。这些人认为让寇祖礼复任此职，能够改变当前不利于己的局面。其三，为何朝廷居然真的满足了这些人的要求呢？朝廷不仅免除了郦道元的职务，同时命寇祖礼回任东荆州刺史一职，并由他率数十名军士将郦道元护送回京。明眼人都能看出来，寇祖礼身后的势力不容小觑。《魏书》记载，寇祖礼名治，字祖礼，他的祖父寇赞曾任南雍州刺史，寇赞的弟弟乃北魏著名的道教领袖寇谦之。寇祖礼的父亲寇仙胜，也曾任建威将军、郢州刺史，后在弘农太守任上因受贿被弹劾。粗略统计，寇家在北魏一朝担任刺史或太守者超过十人，足见其无论在京城还是地方上都有一定的势力和人脉。

至此，事情的原委也就昭然若揭了。郦道元担任东荆州刺史以后，通过调查，发现了与前任刺史寇祖礼以及与寇祖礼相关人员的诸多不法之事，准备告发他们。没有不透风的墙，这些人很快听到了风声，遂决定先下手为强，恶人先告状，动用各种人脉关系，欲赶走郦道元，以绝后患。于是这些人就上下串通，演出了这样一出闹剧。在这一事件中，郦道元无辜被免，依他爱憎分明、疾恶如仇的性格，自然不会善罢甘休。

果然，事情并未到此结束。抵达京城之后，寇祖礼也很快被罢免了官职。对此，虽然史书中并未提供更多、更详细的资料，但我们有理由相信，郦道元应该是掌握了前任寇祖礼及其相关人员的一些违法证据，并将其提供给了皇帝和御史台。虽然此时恰逢宣武帝刚刚去世不久，继位的皇帝元诩年幼，北魏朝廷处在混乱之中，但对于刺史一级官员反映的问题，朝廷也不可能坐视不理，于是就出现了各打五十大板的局面。最后的结果是，前后两任刺史分别被罢免，给这出闹剧画上了一个尴尬的句号。

从时间上看，郦道元这次被免官是在宣武帝延昌四年（515年），应为宣武帝去世之后。史书记载，延昌四年正月，宣武帝元恪驾崩，不到六岁的元诩即位。此后，北魏的官场腐败愈演愈烈，朝廷的政治斗争也更为激烈和复杂。

郦道元的这次被诬告免官是否与当时北魏的朝局动荡有关呢？答案是肯定的。俗语云：一朝天子一朝臣。宣武帝去世后，原本深得宣武帝信任、在地方上干得风生水起的郦道元，因不为继任当权者信任被免官本就是大概率事件，何况他又得罪了诸多权贵呢！

这次被免去东荆州刺史一职，已经是郦道元进入北魏官场以来第二次被免官了。随后的北魏，朝中外戚专权，地方上民众起义时有发生，国力日渐衰微。令郦道元没想到的是，这次被免官后，再次回到北魏的朝堂之上居然是十年以后的事情了。

第六章

国之有难思忠臣

久之，行河南尹，寻即真。

肃宗……诏道元持节兼黄门侍郎，与都督李崇筹宜置立，裁减去留，储兵积粟，以为边备。未几，除安南将军、御史中尉。

——《魏书》

随着宣武帝元恪的去世,郦道元也开始了自己长达十年的赋闲岁月。在这期间,北魏进入了一个加速衰落的历史时期。主要表现为,宫廷内斗加剧,外戚专权乱政,官员腐败,军纪松弛,军人叛乱和民众起义时有发生。特别是孝明帝元诩的生母胡太后临朝称制以后,采取了均衡朝廷内文武两派政治力量的政策,但并不成功,反而加深了士族与旧勋即文武官员之间的裂痕。朝中的贵族大臣互相争权夺利,当权者卖官鬻爵,地方上的权贵聚敛钱财、贪得无厌,鲜卑武人则有恃无恐,杀人越货,甚至连朝廷重臣都敢杀。加之胡太后生活放荡,时而将朝廷之事视为儿戏,导致朝政混乱,丑态百出。这也直接导致了元义、刘腾等人发动政变,将胡太后囚禁起来,这又造成北魏朝局的进一步恶化。

目睹国家的乱象,已被免掉官职的郦道元深感忧虑。他知道,自己所奢望的由北魏王朝统一华夏的梦想越来越渺茫了。无奈之下,他只能把希望寄托在未来,希望将来的某一天,华夏疆土终会实现统一,天下百姓可尽享安定富足的幸福生活。当下而言,郦道元所能做的就是潜心撰写《水经注》,将华夏疆域内的每一条河流、每一座山脉都尽可能详细地记录下来。他心中笃定，迟早有一天，华夏一统的梦想终将会变为现实。

郦道元在赋闲居家的十年间，潜心著述，完成了以《水经注》为代表的多部著述。特别是《水经注》一书，堪称一部千古奇书，成为一千多年来我国地理学和文学的一座高峰。

赋闲十年之后，郦道元在北魏朝廷的内忧外患中被重新起用。复出后的郦道元依然初心不改，屡挑重担，尽职尽责，不辱使命。他先后担任河南尹、御史中尉等要职。其间，郦道元奉皇帝之命，以使持节兼黄门侍郎的身份，前往北方诸镇，对有叛乱苗头的地区进行安抚；以使持节兼侍中、摄行台尚书的身份，节度诸军，讨伐北魏叛将元法僧；以关右大使的身份，西出潼关，监视蓄意反叛的萧宝夤。郦道元虽然屡遭他人构陷，但对北魏忠心耿耿，舍身忘我，直至献出了自己宝贵的生命。

第一节 无官一身轻的日子

从延昌四年（515年）到正光五年（524年），差不多十年的光景，郦道元赋闲在家，过起了无官一身轻的日子。这近十年的时间，恰恰是郦道元从四十四岁到五十三岁的壮年时期，对于一位官员来讲，正是经验丰富、年富力强的黄金岁月，不能为国效力、为民谋福，郦道元心中的滋味可想而知。

关于郦道元第二次被免官后的十年经历，史书中的记载基本上是空白的。那么他是如何度过这漫长的十年时光的呢？

人常说，人生如梦，其实还可以有另一种说法："人生如画。"我们都知道，画家创作的每一幅画作都会有留白，人生又何尝不是如此呢！在现实当中，每一个人在不同阶段的生命画卷中，"着墨"的多寡和深浅都会有所不同，有时还不可避免地要有"留白"，这也属人生常态。纵观古今中外，很多人正是因为有了人生中的这些"留白"空间，才使得他们看清楚很多事，想明白很多事，乃至干成了很多事，郦道元当属其中之一。

由于史料匮乏，我们无法直接了解到郦道元免官赋闲期间的所思所想和所作所为，但我们可以从这十年间北魏朝局的演变中，晓得郦道元都看到了什么，听到了什么，进而设身处地去体会他的思想和感受。

郦道元第二次被免官，恰逢宣武帝元恪去世的年份。宣武帝去世后，继位者是太子元诩，史称孝明帝。事实上，宣武帝元恪在位的十几年中，幸存的皇子只有一人，便是元诩。元诩的生母是胡贵嫔，也就是后来的胡太后，史称灵太后。关于胡太后为何逃过了北魏朝一直坚持的"子贵母死"制度，史家虽有研究，但说法不一。但可以肯定的是，此事和宣武帝有关，如果不是宣武帝废除这项制度或者对胡氏采取特殊保护措施，也就不可能有后来的胡太后了。

事实上，在宣武帝后期，由于对鲜卑贵族政策宽纵，致使腐败丛生。吕思勉在《两晋南北朝史》中说："世宗（宣武帝）怠荒已甚，当其时，在朝诸臣，几无一乃心君国者。"史书中还记述了不少这一时期北魏贵族及官吏贪腐之状：北海王元祥，贪求无厌，取纳受贿，对远近公私营贩，多所侵剥；安定王元休之子元愿平更是"杀人却盗，公私成患"；高阳王元雍在诸王中最为豪富，"居处、服用侈丽，伎侍百余人"……造成这些问题的原因是复杂的、多方面的，但其中有一个方面不容忽视，那就是外戚势力的影响。

宣武帝在位的十几年中，对北魏朝政影响最大的外戚有两个家族：一个是以高肇、高偃为代表的高氏家族；另一个是以于烈、于劲为代表的于氏家族。

其中，高肇是宣武帝元恪的舅舅，即元恪母亲文昭皇后的哥哥。高偃是高肇的弟弟，他有个女儿嫁给了宣武帝，并在顺皇后于氏死后被封为皇后。高肇是渤海蓨县（今河北省景县）人，先后任录尚书事、尚书左仆射、领吏部、冀州大中正、司徒、大将军等职，一度把持朝政，权倾朝野。

宣武帝元恪的第一个皇后是顺皇后于氏，她是于烈弟弟于劲的女儿，这个于劲就是郦道元担任冀州镇东府长史时的冀州刺史。史书记载，正始元年（504年），顺皇后于氏暴崩，有人说是高肇所害。四年后，顺皇后所生的皇子昌也死了，死因为太医的医疗事故，但据当事人说是高肇指使。顺皇后于氏及皇子都死了，高肇的侄女便顺理成章地成了宣武帝的皇后，即高皇后。

随着宣武帝元恪的去世，高肇外戚势力也很快瓦解。元诩即位时年龄很小，只有不到六岁，还不能亲政。高阳王元雍受命辅政。太子少傅崔光及领军将军于忠等人先是将胡太妃加以保护，随后与受命辅政的高阳王元雍一起设计诛杀了权臣高肇，清除了高肇外戚势力。太后高氏也出家为尼。当时的领军将军于忠乃于烈之子，既控制门下省，又总领禁军，总揽朝政，可谓权倾一时。

不久之后，高阳王元雍在北魏朝廷的政治倾轧中被免官，于忠等人尊胡太妃为胡太后，以清河王元怿为太傅、领太尉，广平王元怀为司徒，任城王元澄为司空，于忠为尚书令，崔光为车骑大将军。从此，胡太后正式走上了北魏政治舞台的前台，开始临朝称制。尤其是在高太后死后，胡太后逐渐不满足于临朝称制，她干脆改令为诏，让群臣上书称陛下，自称为"朕"，并代替皇帝祭祀宗庙，亲自主持朝宴，亲自登堂评议官吏政绩，俨然以皇帝自居了。

与当年冯太后临朝称制使北魏国力日盛不可同日而语的是，在胡太后主持北魏朝政期间，北魏王朝开启了一个混乱时代。具体有多混乱？史书头绪繁多，本书不便在此长篇大论，仅列举一些具体事例，希望有助于大家理解和体会当时北魏面临的境况。

其一是卖官鬻爵之风盛行。在胡太后临朝称制期间，北魏卖官鬻爵已经成为一种公开行为。史载：元晖担任吏部尚书时，卖官纳货都有定价，大郡官吏两千匹，次郡一千匹，下郡五百匹，其余官职也次第有价，天下号约"市曹"。

其二是官吏经商成为常态。尽管朝廷规定禁止官吏经商，但实际上官吏经商已成公开的事情。史书记载，扬州刺史李崇"性好财货，贩肆聚敛，家资巨万，营求不息"，他的儿子李世哲为相州刺史，"亦无清白状"，通过经商"收擅其利"。大长秋刘腾，利用"舟车之利"剥削六镇，交通互市，年收入以"巨万计"。

其三是民众起义此伏彼起。延昌四年（515年），在冀州爆发了以沙门法庆为首的农民起义，起义军攻杀阜城令，攻破渤海郡（今河北南皮东北），杀死率军前来镇压起义军的冀州镇长史崔伯麟，后攻入瀛洲。直至熙平二年（517年），起义才被镇压下去。神龟元年（518年），河州民却铁忽，自称水池王，聚众起义，后被镇压，类似的起义还有不少。

其四是武人作乱有恃无恐。神龟二年（519年），士族张彝之子张仲瑀上书，求铨削选格，排抑武人，导致军人骚乱。羽林、虎贲近千人，攻击尚书省和张彝的府第，殴打张彝，纵火烧房，并将张仲瑀的哥哥张始均投入火中烧死，张仲瑀也因伤重而死。

胡太后只是收斩了闹事者头目八人，其他闹事者被赦免。

其五是胡太后的放荡不羁。年仅三十岁的清河王元怿天资聪敏，容貌甚美，年龄相仿的胡太后钟情于元怿，公开私通，引起很多人不满。胡太后还肆情妄作，搞出一些恶作剧，简直拿公事当成儿戏。她曾带领多名王公、嫔妃、公主前往国家储存财务的仓库，让大臣和随从人员进行背布匹比赛，能背多少布绢就赏赐多少，以至于陈留公李崇、章武王元融一个扭了腰，一个崴了脚，真可谓丑态百出。

其六是发生了两次宫廷政变。神龟三年（520年），侍中元乂和卫将军刘腾发动政变，杀死了元怿，囚禁了胡太后。元乂是道武帝拓跋珪的五世孙，他的字是伯隽，号为夜叉，因此也有人称其为元叉。由元乂的号也可看出他的行事风格，其胆大与凶狠的特点可见一斑。元乂、刘腾专朝期间，中山王元熙被杀，元略被迫投降南梁，奚康生被诛。几年以后，胡太后、孝明帝元诩和丞相元雍发动政变，将元乂解职为民。后来，胡太后听从群臣的劝告，赐死了元乂，这是郦道元复出以后的事情了。

以上列举之事只是这一时期北魏朝局乱象的几个片段，类似的事件还有很多。

面对北魏日益混乱的朝局，正值壮年、对朝廷忠心耿耿的郦道元，空有报国之志，却英雄无用武之地，其复杂的内心感受是可以想象的。

此时的郦道元虽心忧国事，但又不得不面对现实，毕竟自己已没有了官职。除却读书之外，郦道元时常偕志同道合的好友游历山水，实地踏勘江河湖泊，潜心著述。

很多专家学者都认为，正是在第二次被免官之后的近十年时间，郦道元专心著述，完成了包括千古名著《水经注》在内的诸多传世之作。从史书的记载中我们知道，郦道元一生的著述颇丰，除了《水经注》四十卷以外，还有《本志》十三篇以及《七聘》等文。遗憾的是这些作品大多已失传，只有《水经注》得以保存并流传至今。或许我们应该庆幸郦道元的官路坎坷，倘若没有这次免官，后世的人们也许不会看到《水经注》这部伟大著作了。

随着《水经注》书稿的基本完成，郦道元也得以再次复出为官。从事后看，郦道元在复出之后的第四年，就为叛军所害，为国尽忠了。因此，《水经注》的成书时间，应该就在复出之前的这些年。复出之后的书稿或许仍有些许改动，那也应属于局部的增删或文辞的润色了。

第二节 为国分忧的河南尹

北魏孝明帝正光五年（524年）初，郦道元在蛰伏了近十年之后，被北魏朝廷重新起用，官拜河南尹。

北魏统一黄河流域后，在洛阳设置洛州，领六郡十二县，其中包括河南郡。孝文帝太和十七年（493年），文武百官尽迁洛阳，改洛州为司州，河南郡改为河南尹，治所在洛阳。郦道元所担任的河南尹一职，相当于首都的最高长官，品级为正三品上，肩负着保卫首都洛阳安全的重任。

为何北魏朝廷在此时起用郦道元并授予河南尹这样重要的职位呢？这还要从北方六镇说起。

当年孝文帝迁都洛阳，主要支持者是汉族官员，而宗室及居住在北方的鲜卑人以及鲜卑化的汉人多是持反对态度的。为此，孝文帝还专门于太和十八年（494年）北巡，对平城及北方六镇的军民进行安抚。当时身为尚书祠部郎中的郦道元也随驾前往，并将此次跟随皇帝北巡一事记载于《水经注》中。

伴随着北魏的汉化进程，南北方经济社会发展水平逐步分化。居住在洛阳的官员，近水楼台先得月，往往能得上品通官。而居住在北方的官员，特别是北方六镇的鲜卑贵族及兵户，往往成为被人遗忘的角落，晋升机会越来越少。从经济生活上看，洛阳的北魏显贵富兼山海，普通士民商人也家藏金穴，过上了锦衣玉食的生活。反观北方诸镇，除了少数上层官吏靠贪夺聚敛而过上较好的生活外，绝大部分的兵户收入微薄，生活贫苦，与京城洛阳百姓的生活悬殊，不可同日而语，其心理上的落差可想而知。

北方六镇是北魏北境的军事屏障。由于北魏与北方的柔然久无战事，致使北境的防务松弛、懈怠。然而到了孝明帝正光四年（523年），柔然因发生饥荒而突然对北魏发起大举进攻，掠走北魏边民两千人及十余万牲畜。不久柔然又卷土重来，进攻北魏北境。当时北魏北方诸镇的防御已显得十分空虚，漏洞百出，而且各镇内部人心浮动，随时可能发生变乱。

由于北方饥荒严重，北魏怀荒镇民众请求时任镇将武卫将军于景开仓赈济，于景不准，引发了镇民的愤怒，囚禁并杀害了于景。毫不夸张地说，此时的北方六镇就如同一个火药桶，随时有可能

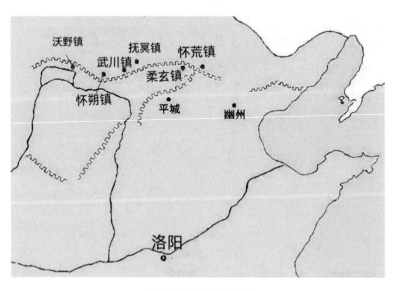

北方六镇分布示意图

燃烧爆炸。

此时还是元乂、刘腾专朝期间，刘腾病重难以处理公务，而元乂自己带头破坏纲纪，在文武百官中威信尽失，致使朝政日益混乱。

正是在这样的背景之下，孝明帝元诩、丞相元雍等人想到了忠心耿耿的老臣郦道元。

很显然，孝明帝重新起用郦道元，并命其担任肩负保卫首都洛阳之责的河南尹，应该是出于两点考虑。其一是看中了郦道元的忠心。彼时北方六镇初现起义端倪，洛阳城中的宗室和贵族与北方六镇又有着千丝万缕的联系，在这种情况下，孝明帝恐怕并不能完全相信洛阳城中的鲜卑贵族。与其重用这些与北方六镇关系复杂的鲜卑权贵，倒不如将自己的安危交到对朝廷忠心耿耿的汉人官员手上。虽然郦道元得罪过不少人，屡遭诬陷，但在此危难之际，皇帝还是更欣赏郦道元的忠贞不贰。其二是看中了郦道元的执法严厉和行事威猛。在元乂囚禁胡太后并自己专权的几年间，极力打压汉族官员，希望更多地重用鲜卑贵族。但这样做的效果反而是事与愿违，朝廷上下各种矛盾更加突出，北魏朝局更加混乱不堪。此时不仅北魏的北方六镇和西部地区人心浮动，就连京城洛阳也人心惶惶，令孝明帝坐卧不安。常言道，乱世需用重典，在如此混乱的局面之下，正需要一位行事果断、雷厉风行之人来稳定京城洛阳的局面，安定百官与百姓之心。就这样，在北魏朝廷危难之际，郦道元担起了河南尹的重任。

正光五年（524年）三月，沃野镇的破六韩拔陵举兵起义，迅速攻克了沃野镇。面对北方的危局，朝臣们向孝明帝献计，建议对北方诸镇采取怀柔政策，改镇为州，并给予诸多优惠政策，以期稳定北方局势。

孝明帝采纳了朝臣的建议，任命河南尹郦道元使持节兼黄门侍郎，前往北方诸镇，以展示朝廷对北方军民的关心与安抚。所谓使持节，是指手持皇帝赐给的符节，能直接代表皇帝行使地方军政大权，而黄门侍郎则是可以传达皇帝诏令的近侍之臣。很显然，如此任命是为了强调郦道元皇帝特使的身份，使其能够最大限度地取信于北方诸镇，并便于行使皇帝赋予的职权。此次与郦道元一同前往北方六镇的还有大都督李崇。

不过这次安抚北方诸镇的行动还是太晚了。沃野镇的破六韩拔陵起义后，高平镇酋长也起兵响应，两军会合，又攻破了怀朔、武川二镇。不久，柔玄镇也发动起义，至此北方六镇皆反。事已至此，郦道元不得不返回洛阳复旨。

事实上，此时令北魏朝廷头疼之事不仅仅是北方六镇的叛乱，受其影响，关陇地区也爆发了大规模的起义，中原地区的起义也呈现出此起彼伏之势。

北魏徐州刺史元法僧，本是元乂的亲信，其刺史之位便得益于元乂的极力举荐。孝昌元年（525年），眼见元乂大势已去，元法僧趁着北魏大乱之际，杀害了行台高亮，公开背叛北魏，悍然在彭城（今江苏徐州）称帝，国号为宋，改元天启，并将几个儿子都封了王爵。北魏派安东长史率兵前往征讨，被元法僧生擒。

北魏孝明帝震怒，下诏命郦道元使持节兼侍中、摄行台尚书，节度诸军，讨伐元法僧。元法僧向南梁请降，并请求南梁派兵接应。南梁派出了大都督宣城太守元略，著名的白袍将军陈庆之以及胡龙牙等将领，率兵接应元法僧。

郦道元与安乐王元鉴率北魏军抵达涡阳后，与南梁军遭遇，双方激战，结果由北魏安乐王元鉴率领的魏军击溃了由南梁大都督元略率领的梁军，追击中多有斩获。取胜后的元鉴显得有些大意，疏于防范，被元法僧偷袭，转胜为败，逃回洛阳。最终元法僧还是投降了南朝梁武帝萧衍，并被封为司空。

说到这里你是否觉得有些混乱？为什么反叛北魏的人姓元，讨伐叛军的人也姓元，而南朝梁接应叛军的人还姓元呢？这恰恰是当时南北朝之间相互关系的一个缩影。彼时，不论南梁还是北魏，内部的相互斗争和倾轧都十分严重，北魏如此，南梁更是有过之而无不及。

前几年有一部很火的电视剧《琅琊榜》，虽然故事情节纯属虚构，但其历史背景就是南朝梁武帝时期，剧中所表现的朝廷内斗，也是对南梁当时政治生态的生动诠释。前文提到的元鉴，是文成帝拓跋濬的曾孙，而南梁率军接应元法僧的元略，是北魏景穆帝拓跋晃的曾孙。当年元略因反对元义杀害元怿而起兵勤王，兵败后投降了南梁。而谋反称帝后又叛逃南梁的元法僧则是北魏开国皇帝道武帝拓跋珪的玄孙。从这一事例中我们可以管窥当时南北朝我中有你、你中有我的特殊历史状态。事实上，当时北魏也有一些南朝叛逃过来的大臣和将军，如萧宝夤等。关于萧宝夤，本书后面还有详述。

尽管郦道元为北魏朝廷尽心竭力，但势单力孤的他仍然无法阻止北魏朝廷内外的乱象丛生。除上文提到的北方诸镇、关中以及徐州的军队叛乱和民众起义之外，冀州、青州等地也先后发生了一些或大或小的起义，北魏政局已危如累卵。但此时京城洛阳的一些鲜卑贵族官员却还生活在醉生梦死之中。

事实上，此时的北魏孝明帝及胡太后已经意识到了局势的危险。他们知道，若不能改变目前糟糕的状况，北魏政权恐难以维系。为此，他们决定找一位不畏强权、铁面无私的人来负责整肃吏治，惩治腐败，以收拢散失的人心。就这样，一副重担又历史性地落在了郦道元的肩头。

第三节 刚正不阿的御史中尉

郦道元讨伐元法僧返回洛阳之际，正值北魏朝廷内忧外患之时。彼时北魏朝廷上下人心浮动，官员颓废，吏治腐败，亟须加以整顿。正是在这种情况下，郦道元临危受命，第二次进入了御史台，并成为御史台的最高长官御史中尉。与此同时，郦道元还被授予征南将军之职。依当时的北魏官制，御史中尉的官阶为正三品上，而征南将军已属正二品上的高官了。从这两项任命不难看出，危难之际的北魏朝廷，对郦道元是越发信任和器重了。

郦道元对御史台并不陌生。当年他刚踏入仕途不久，便被御史中尉李彪看重，调入御史台担任治书侍御史。后因李冲和李彪发生冲突，郦道元受牵连被连坐免去治书侍御史的官职，这也让他第一次体会到了官场的残酷与变幻莫测。时隔三十年之后，再度进入御史台，并担任御史台最高长官，想必郦道元定会别有一番滋味在心头。

但此时的北魏已非当年的北魏。当年郦道元第一次进入御史台时，北魏正值鼎盛时期，孝文帝南征开疆拓土，太和改制如火如荼，一派蒸蒸日上的景象。反观当下，北魏官场腐败混乱，民众怨声载道，面对迅速滑落、日渐衰微的北魏朝局，郦道元虽肩负着整顿吏治的重任，并握有监察百官的大权，但他究竟能做些什么呢？

《北史》对担任御史中尉之后的郦道元有这样的记载："道元素有严猛之称，权豪始颇惮之。"可见，郦道元上任后，那些权贵豪强对他的威猛行政还是颇为忌惮的，违法乱纪行为有所收敛。但随着时间的推移，北魏官场的乱象不见明显改善，很多人以为郦道元不过如此，便又有些肆无忌惮了。

殊不知郦道元绝非明哲保身之人。史书中记载了郦道元担任御史中尉后发生的两件事。

第一件事是为元渊主持公道。元渊（唐朝以后的史书为避讳李渊之名而称其为元深）是太武帝拓跋焘的曾孙，曾出任恒州刺史、吏部尚书、骠骑大将军及尚书仆射等职。这里说的恒州就是指孝文帝迁都洛阳后的平城。前文提到过，正光五年（524年），北方六镇之一的沃野镇被破六韩拔陵反叛，郦道元与大都督李崇奉旨前往安抚北方六镇人心，后因六镇皆反，未能施行。郦道元与李崇回京后，由时任恒州刺史元渊统领军队。元渊向朝廷进言："今六镇俱叛，二部高车，亦同恶党，以疲兵讨之，不必制敌。请简选兵，或留守恒州要处，更为后图。"以当时之情势，元渊的因应之策，不失为正确的选择。可惜由于当时的吏部尚书兼中领军城阳王元徽，平素就与元渊不和，不仅未采纳元渊的建议，反而构陷元渊。元徽和元渊之间宿怨很深，特别是当元渊担任大都督之后，元徽一直在皇帝和胡太后面前诋毁元渊。

后来由于北方六镇的民众被分散至河北多个州郡，致使河北在不久之后也爆发了多起变乱，元渊率军平乱不力，北魏朝廷怀疑元渊有异心，派人讨伐元渊。元渊无奈之下只得逃跑，后为叛军葛荣所害。

郦道元知道元渊并没有反叛北魏，因而在元徽构陷元渊的事情上，仗义执言，替元渊辩护，因此得罪了元徽。元徽是景穆帝拓跋晃的曾孙，城阳怀王元鸾之子，北魏朝廷重臣。孝明帝继位后，元徽出任吏部尚书、卫将军、右光禄大夫，累迁尚书令、车骑大将军、仪同三司。史书记载：元徽外似柔谨，内多猜忌，睚眦之忿，必思报复。郦道元得罪了这样的权贵，无形中为自己的仕途埋下了隐患。

第二件事是诛杀丘念。郦道元发现，败坏北魏官场风气的人不乏皇族贵胄，其中一个典型人物就是时任司州牧的汝南王元悦。司州即北魏都城洛阳所在的州，该州长官原称洛州刺史，官制改革后称为司州牧，其地位在诸州刺史之上。元悦是孝文帝之子，性格轻浮狂躁，残忍暴戾，史书称其"为性不伦，傲悷难测"。元悦有一个特殊癖好，好酒色，他的这个"色"是指男色。正因如此，他时常殴打虐待王妃和侍妾，反而和他宠爱的男人终日厮混。

在这些男色之中，有一个人名叫丘念。仗着与元悦的特殊关系，丘念可谓无法无天，还时常干预元悦的州务。元悦对他则是言听计从，就连人事任免等大事也完全依从丘念的意思，这样一来，司州官场一片乌烟瘴气。

郦道元知道，单凭此事要想扳倒元悦绝非易事，但当务之急是要除掉丘念这颗毒瘤，他吩咐属下，要尽快将丘念抓起来。

丘念听到消息，对郦道元很是惧怕，便求元悦想办法。面对铁面无私的郦道元，元悦也没有更好的办法，只得将丘念藏匿在自己的府中，终日不让他走出府门。如此，郦道元不便进入王府抓人，只能派人严密监视，一旦丘念出来，立即抓捕。

过了一段时间，丘念见没什么动静，便偷偷溜出了王府，返回到自己的家中。他没有想到，这次出了元悦的王府就再也回不去了。

当日，郦道元派人将丘念从家中抓了起来，关进了监狱。随后依法审讯，证据确凿，准备将丘念处死。汝南王元悦获悉此事，担心丘念被杀，立即进宫求见胡太后，请求赦免丘念之罪。胡太后禁不住元悦的苦苦哀求，下旨赦免了丘念的罪行。

郦道元得知元悦进宫，担心事情有变，他果断命令，立即将丘念正法。当胡太后赦免丘念的诏令到达御史台时，丘念早已人头落地。随后，郦道元一不做二不休，向皇帝和太后上书，弹劾汝南王元悦纵容属下败坏吏治等不法行为。此事后来看似不了了之，但郦道元已彻底与汝南王元悦结怨。

郦道元的手段如此强硬，令浑浑噩噩的北魏官员们有所震动，宗室贵族大臣无不侧目。除了城阳王元徽和汝南王元悦之外，郦道元是否还得罪过其他权贵呢？对此，史书并无更多记载，但我们不难想象，以郦道元的行事风格以及北魏官场之乱象，类似事情恐怕还会有不少。正是因为郦道元不畏强权，严惩不法之徒，得罪了那些位高权重的鲜卑皇族、贵族，使自己成为众矢之的。

可以想见，以郦道元的政治智慧，不会不明白这些道理。但在国家危难之际，郦道元无暇顾及自己得罪了谁，他早已抛却了个人的利害得失，在他的心中只有朝廷法度和对皇帝的忠诚。既然让自己担任这个监察百官的御史中尉，就要履职尽责，将个人利益乃至个人生死置之度外。

从事后看，或许正因如此，才最终酿成了郦道元令人扼腕叹息的人生结局。但对于深受儒家思想浸润的郦道元而言，他真正践行了历史上诸多忠臣良将崇尚的那八个字：鞠躬尽瘁，死而后已。

第四节 悲壮殉国的关右大使

北魏孝明帝孝昌三年（527年），御史中尉郦道元被任命为关右大使，出使关中一带。郦道元心中了然，自己担负的是一项非常危险的特殊使命，可谓凶多吉少。究其原委，还得从另一个人说起，这个人就是我们前面提到过的萧宝夤。

但凡了解一些南北朝历史的人，一看到萧宝夤的名字，就知道他一定是南朝贵族出身。

的确，萧宝夤是南朝齐明帝萧鸾的第六个儿子，是萧宝卷的同母弟弟。当年萧鸾篡位称帝以后，萧宝夤被封为建安王。齐明帝萧鸾死后，他的第二子，也就是萧宝夤的哥哥萧宝卷即位，萧宝夤被任命为使持节、都督郢司二州军事、征房将军、郢州刺史，不久又进封前将军，后任车骑将军、开府仪同三司，奉鄱阳王。史书记载，萧宝卷生性轻狂，做太子时就游戏无度，不务正事。莅位后不久，他便杀掉了六位辅政大臣，导致朝政混乱，朝臣纷纷叛离南齐。

由于萧宝卷杀了雍州刺史萧衍的哥哥萧懿，导致萧衍起兵，拥立齐明帝萧鸾的第八子萧宝融为和帝，改元中兴。天监元年（502年）二月，萧衍逼迫和帝萧宝融禅位于己，改国号为梁，史称梁武帝。梁武帝萧衍大肆残杀南齐宗室，萧宝夤自然是萧衍想杀掉的重点人物之一。萧宝夤在太监的帮助下，连夜出逃，历尽千难万险逃至洛阳，归附了北魏。

萧宝夤投奔北魏后，得到北魏朝廷重用。北魏皇帝将南阳长公主赐给萧宝夤为妻，并任命萧宝夤为镇东将军、东扬州刺史、丹阳公、假齐王。因萧宝夤多次与南朝梁作战，战绩卓著，于正光二年（521年）被征拜为车骑大将军、尚书左仆射。此时的萧宝夤已经成为北魏的朝廷重臣和最重要的军事将领之一。

北方六镇起义后，关中地区也相继发生叛乱。北魏朝廷对此很是忧虑，任命萧宝夤为开府、西道行台、大都督，命他率部西征，平定关中叛乱。后来，萧宝夤又被任命为侍中、骠骑大将军、仪同三司、尚书令，并代理大将军之职，可谓位高权重。

孝昌三年（527年），萧宝夤进封司空。此时，萧宝夤所率魏军，出兵日久，将士疲惫不堪，遂被叛军击败。兵败后的萧宝夤停留在长安，收聚、整顿离散的兵马，以期卷土重来。北魏朝廷因萧宝夤平叛不力，将其削职为民。随后不久，又起复萧宝夤为征西将军、雍州刺史、车骑大将军、开府、西讨大都督，令其节度关西地区。

此时的北魏境内叛乱不断，官军平叛屡屡失败，许多北魏将领投奔了南朝，一时间北魏军队官兵人心惶惶。

萧宝夤出兵日久，军资耗费巨大，平叛战事屡有败绩，令他心中不安。他已经觉察到朝廷开始对他有所猜忌，特别是任命郦道元为关右大使，分明是要对自己下手的前兆。经与谋士商议，他决定择机叛变北魏，投降南朝梁。

事实上，这次郦道元出任关右大使，还有另一个鲜为人知的原因，那就是元悦、元徽等人想通过此事借刀杀人，除掉郦道元。

前文提到过，郦道元与元悦、元徽等人结怨已久，此二人早想对郦道元施加报复。对于萧宝夤意欲谋反一事，元悦等人已洞若观火，出使关右地区几乎就是去送死。当皇帝和太后询问何人可担任关右大使时，元悦、元徽等人极力推荐郦道元承担此任。孝明帝和胡太后对郦道元的忠心和能力自然是十分放心，就准允了二人的提议，这便是郦道元此次担任关右大使的幕后之事。值此国难当头之际，北魏的宗室贵族还在因个人恩怨而算计，设计陷害国之忠臣，这样的政权必然是时日无多了。

郦道元接到朝廷诏令以后，丝毫没有犹豫，带领包括弟弟郦道峻以及长子郦伯友、次子郦仲友等人在内的一众人马，西出洛阳，踏上了出使关中的征途。

以郦道元的政治阅历，他不可能不知道此行的危险所在，但他还是毅然决然地承担了这项重任。不仅如此，郦道元还带上了自己的弟弟以及两个儿子。这里顺便说一下，有资料说郦道元随行人员中有他的两个弟弟，但查阅史书，只记载有其一个弟弟和两个儿子。俗话说，打仗亲兄弟，上阵父子兵，越是在困难的时候，家人的支持与配合越显得至关重要。当然，此时的郦道元或许以为，即便萧宝夤真的反叛了，最多也就是杀了他这个关右大使，未必会加害自己的家人。如是，以正直君子之心度恶毒小人之腹，郦道元还是过于善良了。他未曾想到，此时的萧宝夤已在潼关附近的阴盘驿亭（今属陕西省西安市临潼区）设下了陷阱，计划于此地截杀郦道元。

萧宝夤之所以决定在阴盘驿亭对郦道元下手，有多重考虑。其一，阴盘驿亭是当时都城洛阳前往关中地区途中的重要驿站，可谓必经之路，在此拦截郦道元的成功率会很高。其二，如果让郦道元轻易进入关中腹地，自己意欲谋反的证据就很容易被郦道元掌握，到时候即便杀了郦道元，也难保那些证据不会被人送至洛阳。其三，当时萧宝夤谋反之事还未准备就绪，如果等郦道元到达目的地再将其杀害，就等于宣布谋反，显然萧宝夤还不想这么快就掀桌子。其四，阴盘驿亭虽然临近潼关这一重要关口，但毕竟属于偏僻之地，行凶后还可将罪责嫁祸于土匪或强盗。从事后看，萧宝夤也确实是这样做的。由此观之，萧宝夤确是一个凶狠狡诈、老谋深算之人。

郦道元一行到达阴盘驿亭时，被萧宝夤的部下、行台郎中郭子帙团团围住。阴盘驿亭坐落在一个山岗之上，由于郦道元一行人被围困起来，人少力薄，无法突围出去，只能固守待援。更加雪上加霜的是，阴盘驿亭上没有水源，平日里冈上人饮水需要到山下取水。而今所有人被困阴盘驿亭中无法下山，仅存的一些水很快耗尽，无奈之下，郦道元只得命人挖井取水，但深挖十余丈也未见水源，形势愈加严峻。

在郦道元等人水尽力竭的一天夜里，郭子帙派人翻墙而入，郦道元的弟弟郦道峻及两个儿子郦伯友和郦仲友均被害。郦道元怒视并厉声呵斥凶手，壮烈殉国，年仅五十六岁。

走近郦道元

郦道元被害后，萧宝夤假称郦道元是为盗贼所害，并遣人将郦道元及家人的尸体收殓，葬于长安城以东。不出众人所料，萧宝夤很快举兵反叛北魏，兵败后投奔了万俟丑奴。永安三年（530年），万俟丑奴兵败，萧宝夤与万俟丑奴一起被俘，后被北魏孝庄帝赐死，这是后话。

武泰元年（528年）春，魏军收复长安，郦道元归葬洛阳邙山。不久以后，郦道元被朝廷追封为吏部尚书、冀州刺史、安定县男。他的第三子郦孝友承袭其爵位。

仅仅六年以后（534年），北魏分裂为东魏和西魏，随后东魏被北齐取代，西魏被北周取代。北周建德六年（577年），北周灭掉北齐，统一北方。四年后（581年），杨坚夺取了北周的皇位，随即击败南朝，统一了华夏疆土，结束了中国二百多年南北分裂的局面。又过了三十七年（618年），李渊夺取了隋朝皇位，建立了

余秋雨先生在云冈石窟题写的"中国由此迈向大唐"

大唐王朝。

　　至此，我们或许能够真正理解余秋雨先生在大同云冈石窟写的那句碑文："中国由此迈向大唐。"倘若郦道元知道自己离世不久之后，便有了国家之一统，华夏之强盛，想必他也能含笑九泉了。

第七章

身前身后任评说

道元好学，历览奇书，撰《水经》四十卷，《本志》十三篇，又为《七聘》及诸文，皆行于世。

———《北史》

纵观郦道元的一生，年少时饱读诗书，入仕后数度起落；在朝时忠心耿耿，实心任事，铁面无私；在野时穷经笃学，笔耕不辍，著述传世。他无疑是一个才华横溢的人，一个忠心报国、清正无私的官员。尽管如此，在那样一个乱世，他的所作所为未必能够被人们充分理解，在其身前身后也或多或少出现过一些不和谐的声音。当然，客观地讲，这些对郦道元而言似乎并不重要，无论当时以及后世的人们如何评说，都不能掩盖郦道元身上所散发出的特有的光辉。

郦道元是一位值得我们去深入了解的历史名人，不仅仅是因为他撰写了千古名著《水经注》，还因为在他身上承载着那个时代所特有的历史文化。时至今日，我们对郦道元的了解和理解仍然不够全面和深入。俗语讲，金无足赤，人无完人，我们究竟应该怎样看待郦道元其人其事，这是值得认真思考的问题。比如，我们应如何看待《魏书》将郦道元列入《酷吏传》？我们应如何看待郦道元的历览奇书和游历山水？我们是否已经给孩子们灌输了一个错误认知，即人只需要多读"课外书"和游历山水就能够成为伟大的地理学家？我们对于郦道元的足迹所至

走近郦道元

究竟了解多少？我们现代人应该为郦学的传承和发展做些什么？

从狭义上来说，郦道元是不幸的，因为他生活在历史上有名的乱世——南北朝，他虽胸怀大志却难以尽情施展自己的才华，他屡遭构陷，官路坎坷，最终落得出师未捷身先死的人生结局，其经历让后世无数人为之扼腕叹息。但从广义上而言，郦道元又是幸运的，他生活在中国历史上著名的民族文化大融合的时代，他亲身经历了北魏王朝一系列的重大政治变革，他依稀看到了一个大一统时代到来前的曙光。正是因为有了南北朝各民族文化大融合的基础，才有了不久之后华夏疆土的统一，才使中国昂首阔步地迈向了盛唐。郦道元的幸运还在于，他倾注毕生精力和心血撰写的《水经注》，传承千年并历久弥新，成为人类历史上重要的精神财富。

第一节 《魏书·酷吏传》之偏见

有关郦道元的历史记载，主要集中在两部史书之中，即《魏书》和《北史》。《魏书》是由北齐人魏收主持编纂的，《北史》则是唐朝的李延寿编撰完成的。在这两部史书中，都有郦道元的传记。所不同的是，在《魏书》中，郦道元被列入了《酷吏传》，而一百年后的《北史》虽然也有《酷吏传》的编目，但并未将郦道元列入。《魏书》中郦道元的传记共有三百零九个字，而《北史》中郦道元的传记共计六百一十二个字，其中还包括抄录《魏书》中的三百零九个字。乍看起来两部史书的记载差别不大，但细究之下就大相径庭了。

很显然，《魏书》将郦道元列入《酷吏传》是有问题的。《魏书·酷吏传》一共收录了九个人，其中包括于洛侯、胡泥、李洪之、高遵、张赦提、羊祉、崔暹、郦道元、谷楷。从这九个人的传记内容看，显然郦道元是不应该被列入其中的。除郦道元外，列入《酷吏传》的其他八个人，很多有实施残忍酷刑的记载，诸如"斩其首""刺胸腹""射其口""刺入脐""肢解四体""磔其手足"等，而且还多有贪污受贿的情节，其中好几个人都是被朝廷定罪并处死的。反观《魏书》中郦道元的传记，只是提到为政

走近郦道元

"素有严猛之称"，除了因斩杀丘念得罪权贵之外，并未列出任何与"酷吏"相关的具体事例。况且郦道元为政清廉，忠于朝廷，他为国英勇捐躯之壮举尽人皆知，死后还被皇帝追授了更高的官职。由是观之，没有任何理由给郦道元冠以"酷吏"之名。

那为何郦道元的名字会出现在《魏书·酷吏传》之中呢？对此，专家学者多有研究分析，大多认为此事与《魏书》的编纂人魏收有关。主流的观点是：魏收其人虽有才学，但人品不佳，可能因为郦道元得罪过他，因而对郦道元怀有偏见，故意将其列入《酷吏传》。

笔者也同意此类观点，但仍存一些疑惑。史料记载，魏收出生于北魏正始四年（507年），比郦道元小三十五岁之多，可以说他们并不算是一代人。而且魏收在编纂《魏书》之时，北魏已经灭亡，当时魏收是北齐的官员，他与郦道元几乎没有什么交集。那么魏收对郦道元的负面看法是从何而来的？魏收又究竟是怎样一个人呢？

史书记载，魏收出生于北魏的官宦之家，他的父亲魏子建曾任北魏骠骑大将军。魏收最初出仕之时为太学博士，河阴之变时，尔朱荣大肆捕杀北魏朝臣，魏收幸免一死。北魏节闵帝元恭在位期间，魏收承担了起草封禅书的任务，他提笔一挥而就，其才华为人称道。不久后，魏收升迁散骑侍郎，受命掌管天子的起居注，并参与国史的编纂。随后魏收又兼任中书侍郎，此时他只有二十六岁。纵观魏收早期的人生经历，可谓少年得志。东魏建立后，魏收拜为散骑常侍、中书侍郎。北齐天保元年（550年），魏收出任中书令，兼著作郎。次年，魏收受命撰写北魏国史，后迁尚书右仆射。北齐天保八年（557年），加太子少傅。北齐武平三年（572年），魏收去世，享年六十六岁。从史书记载的魏收生平来看，他的确是一个颇有才华之人。

但从史书中我们还看到了魏收的另一面，即史家对其人品的质疑。《北齐书·魏收传》对魏收的评价是"性褊，不能达命体道"，明确指出此人心胸狭窄，不能躬行正道的特点。另外，对他的日常行为还有更具体的描述："收既轻疾好声乐，善胡舞，文宣末，数于东山与诸优为猕猴与狗斗，帝宠狎之。"这段话形象地勾勒出魏收为人诟病的个人操守。

与此同时，《北齐书·魏收传》还对魏收在撰写《魏书》时的用人以及对历史人物的记载提出了诸多疑问。比如书中记载，作为《魏书》的总纂，魏收时常说的一句话是："何物小子，敢共魏收作色，举之使上天，按之当使入地。"这是何等的跋扈，何等的不可一世？由此也可以推断，在飞扬跋扈的魏收面前，《魏书》的编纂人员断不敢随意发表不同意见，即便委婉说出，只要不符合魏收的想法也不可能被采用。正因如此，造成《魏书》中很多人物和事件的记载为后世所诟病，其中最为典型的就是将郦道元列入《酷吏传》。

清代郦学家赵一清在《水经注释》所附《北史》本传的按语中，先是肯定了郦道元的"大节不亏"，之后又专门对《魏书》将郦道元列入《酷吏传》一事提出了疑问，同时阐明了自己的看法和猜测："何至列之《酷吏传》耶？恐素与魏收嫌怨，才名相轧故耶？知人论世，必有取于余言也。"很显然，赵一清先生认为，魏收将郦道元列入《魏书·酷吏传》是错误的，究其原因，很可能是魏收与郦道元有嫌怨，或者是魏收嫉妒郦道元的才名而故意倾轧。

事实上，由于史料所限，千年以后的我们无法知道其中的详细原委。但有一点可以基本确认，那就是魏收与郦道元似乎确有嫌隙，或者说郦道元曾经得罪过魏收。

这就引出了另一个问题，郦道元究竟是如何得罪魏收的呢？或者说郦道元与魏收二人之间的嫌隙是如何产生的呢？查阅二人的简历可知，魏收比郦道元小三十五岁左右，他们二人并非一代人。郦道元在阴盘驿亭殉国时，魏收最多也就是刚刚踏入仕途的年轻人，郦道元又怎会得罪于他呢？

笔者以为，与其说魏收与郦道元有嫌怨，倒不如说魏收的父亲对郦道元怀有偏见的可能性更大些。虽然《魏书》中并没有魏收父亲与郦道元有嫌隙的相关记载，但若联想到《魏书》的总纂是魏收，对自己父亲与郦道元有嫌隙一事不予记载也属合情合理之事。

在此，让我们了解一下魏收的父亲吧。魏收的父亲魏子建，是北魏后期的大臣。从史书记载的生卒年份看，魏子建比郦道元小两岁，去世比郦道元晚六年，算是郦道元的同龄人。那么他们二人的官场轨迹有交集吗？《北史·魏子建传》有载，魏子建早年任太尉从事中郎，后任东益州刺史并兼任尚书行台。在处理正光二年（521年）秦州叛乱时应对得当，东益州获得保全。不久后，魏子建回到洛阳，任散骑常侍、卫尉卿。《北史》在记述魏子建在地方为官的经历时说："子建自出为藩牧，董司山南，居脂膏之中，遇天下多事，正身洁己，不以财力经怀。"客观地说，史书对魏子建的评价还是比较高的，但这并不意味着他与郦道元之间不会产生歧见与嫌怨，毕竟官场是复杂而微妙的，何况当时的北魏朝廷上下又颇为混乱。

如果说魏子建与郦道元有交集的话，应该就是在正光五年（524年）之后的这段时间。魏子建担任的散骑常侍属九卿之一，系皇帝近臣，其同时担任的卫尉卿一职，主管宫殿、京城诸门禁卫及军械、仪仗库存等事宜。而郦道元在此期间先后担任河南尹和御史中尉，某些职能与卫尉卿是存在密切关联的。比如河南尹负责京城洛阳的防务，肯定涉及卫尉卿主管的京城诸门禁的防务，也离不开卫尉卿管理的军械仓库的支持。郦道元所任御史中尉，负责监察百官，当然也涵盖了卫尉卿及其属官。此外，据唐代史书《通典》记载，北魏时期御史中尉手下的侍御史和殿中御史，"昼则外台受事，夜则番直内台"，宫殿宿卫禁兵也归殿中御史掌管。如此多的交叉职能，使郦道元与魏子建发生嫌隙的机会大增。依郦道元的行事风格，二人发生矛盾和摩擦属大概率事件。魏子建能担任皇帝近臣，与鲜卑权贵的关系自然非同一般，而郦道元又偏偏得罪了元悦以及元徽等诸多鲜卑权贵，这样一来，魏子建和魏收父子二人对郦道元产生较多负面看法也就成了很自然的事情。由此推断，魏收在几十年后编纂《魏书》之时，受其父亲及部分鲜卑贵族的影响，带着个人偏见将郦道元列入《酷吏传》。

走近郦道元

　　好在一百多年后唐朝人李延寿撰成的《北史》，将郦道元移出了《酷吏传》，也算是为郦道元正了名。如今，进入二十一世纪的我们，有幸可以看到更多的相关史料，从而能够更多、更全面地认识和了解郦道元其人。郦道元不仅是一位伟大的地理学家和文学家，而且是一位忠诚正直、勇于任事、清正廉洁、进取有为的北魏官员。

第二节 历览奇书的背后

在《魏书》和《北史》所载郦道元传记中，都有"道元好学，历览奇书"的表述，短短八个字，传递出了很多信息。

第一，郦道元好学是历代学者的共识。这一点从《水经注》中引用的文献之多、范围之广也可见一斑。根据陈桥驿先生研究统计，郦道元在《水经注》中列名引用的文献达四百八十种，其中地理一百零九种，历史六十三种，人物三十二种，图籍十三种，论说十种，杂文八种，诗赋一百一十五种，经书十一种，子书十八种，博物四种，宫室四种，谱牒四种，书信十九种，职官制度十二种，传奇十三种，谶纬二十四种，工具书十五种，其他六种。这还不包括《水经注》中引用的三百五十七种碑铭。尤其是对山水地理图志资料，郦道元更是大量引用，其中包括中原地区的《中州记》《洛阳记》《洛阳地记》《邺中记》《嵩高记》《陈留志》《陈留风俗传》，关中地区的《三辅皇图》《三辅决录注》《关中记》《秦州记》《三秦记》，冀晋地区的《冀州风土记》《中山记》《赵记》《上党记》，西北地区的《沙洲记》《西河旧事》《凉土异物志》《昆仑说》《汉书西域传》《后汉西域传》《释氏西域记》，东部地区的《齐记》《邹山记》《徐州地理志》，东南地区的《吴录地理志》

走近郦道元

《吴地记》《吴兴记》《钱塘记》《会稽记》《山居记》《东阳记》《南康记》《豫章旧志》《豫章记》《庐山记》《寻阳记》《东阳旧事》，楚汉地区的《武昌记》《江水记》《襄阳记》《宜都记》《荆州记》《汉水记》《汉中记》《湘州记》《湘中记》，巴蜀地区的《华阳国志》《华阳记》《本蜀论》《巴蜀志》，岭南地区的《王氏交广春秋》《广州记》《始兴记》《罗浮山记》《南裔异物志》等中国各地的图志资料。此外，还征引了《法显传》《佛国记》《外国事》《交州外域记》《南越志》《扶南志》等大量境外地理历史文献。以上列举的这些也只是郦道元在《水经注》中征引著述资料的一部分，管中窥豹，透过这些我们已经可以真切地感受到郦道元阅读涉猎之多、之广，学识之博、之深。

第二，郦道元有着非常扎实的国学功底。郦道元"历览奇书"的前提是博览群书。他在《水经注》中征引的内容涵盖了《经》《史》《子》《集》各大类，包括《山海经》《禹贡》《诗经》《周易》《礼记》《春秋》《左传》《公羊传》《穀梁传》《国语》《史记》《汉书》《晋书》等众多的典籍与著作。郦道元在引用这些典籍的过程中，娴熟自然，甚至达到了信手拈来的程度，足见他对国学典籍已经烂熟于心，并做到了融会贯通。郦道元之所以能够博览群书，打下扎实的学问功底，还有赖于家庭给予的宽松读书氛围。郦道元的父亲郦范，曾经与高允等北魏文史大家一起在太子拓跋晃的东宫任职，他自己也是学识渊博之人。可以想见，郦范所能接触到的书籍种类及数量，是常人难以企及的。从史书的缝隙之中，我们能够体会到，郦范对长子郦道元的教育颇为开明，主要体现在郦道元"历览奇书"的事情上面。彼时，地理方面的学问并非主流学问，类似于后世所说的"课外书"。很显然，郦道元之所以能够"历览奇书"，与他的父亲郦范对他的宽容甚至支持是分不开的。试想，如果郦范当初限制郦道元阅读"杂书"的话，他若想读到常人鲜见的"奇书"恐怕是一件很难实现的事情。

事实上，在这种宽松的氛围中，郦道元不仅能读到前人的各种典籍著作，还能大量阅读南朝的诗文和著述。郦道元对南朝学者的文章很是欣赏。从《水经注》的语言技巧看，很多地方都有南朝诗人所作山水诗的影子，其中好几个地方提到和引用了南朝文人郭景纯、谢灵运、吴均等人的诗文，个别语言则干脆直接模仿。对于众多南朝文人的作品，郦道元几乎可以信手拈来，足见其对南朝学者的诗文著述十分喜爱和熟悉。

第三，郦道元有着很好的读书条件。从郦道元的读书种类和数量不难看出，他的家中一定有数量充足、种类繁多的藏书。在古代，藏书是一件很奢侈的事情。我们常说"学富五车"，是指读过的书籍很多，需要五辆或多辆马车才能装下。事实上五辆马车竹简所能承载的汉字数量是很有限的，甚至比不上后世几十册纸质书籍的汉字数量。也正因如此，古代的藏书很昂贵，普通家庭一般是没有足够财力收藏很多书籍的。这也是古代读书人特别注重背诵的原因，只有把书的内容背下来，才能真正成为自己的知识，否则靠"查阅资料"写文章是不太现实的事情。什么样的家庭才有能力大量藏书呢？答案是富贵之家或读书世家。那些有能力藏书的大多是皇族、贵族、朝廷官员以及世代都有读书人的士族家庭。这些家庭往往拥有几代人的藏书积累，这或许也是"诗书传家"的另一层题中应有之义。郦道元祖上数代为官，很多人做到了太守职位，他的父亲也是读书人，而且做到了青州刺史这样的高官，并封为永宁侯、假范阳公，家中藏书自然不会少，这些都为郦道元自幼博览群书创造了良好的条件。

除了家庭藏书之外，郦道元还拥有其他一些常人所不具备的读书条件。身为青州刺史郦范的长子，少年时期的郦道元跟随父亲生活在青州。在齐鲁之地、孔孟之乡，郦道元自然可以读到一些一般人读不到的书籍，这或许正是他"历览奇书"的开始。后来郦道元担任了太傅掾、尚书郎、治书侍御史等职务，在这些官署之中，也可以读到大量的典籍。之后，郦道元还拥有在多个地方做州郡长官的经历，对于他这个酷爱读书的人而言，无形之中又增加了很多读书的机会。

爱书如命的郦道元，得以在茫茫书海中尽情遨游，应该是他一生中最大的乐事。从某种意义上说，郦道元为官之路较为坎坷，难言官场得志。但酷爱读书，勤于著述，最终成就了他伟大地理学家和文学家的千古美名，这也算是失之东隅收之桑榆，无心插柳柳成荫吧。

第三节 郦道元足迹之谜

在中学语文课本中，载有一篇脍炙人口的文章《三峡》。这篇著名的山水之作节选自郦道元《水经注·江水》。

> 自三峡七百里中,两岸连山,略无阙处。重岩叠嶂,隐天蔽日,自非亭午夜分,不见曦月。至于夏水襄陵,沿溯阻绝。或王命急宣,有时朝发白帝,暮到江陵,其间千二百里,虽乘奔御风,不以疾也。
>
> 春冬之时,则素湍绿潭,回清倒影,绝𪩘多生怪柏,悬泉瀑布,飞漱其间,清荣峻茂,良多趣味。每至晴初霜旦,林寒涧肃,常有高猿长啸,属引凄异,空谷传响,哀转久绝。故渔者歌曰:"巴东三峡巫峡长,猿鸣三声泪沾裳。"

这段文字叙述生动，文辞清丽，动静相生，气象万千，宛如正在徐徐展开的一幅美丽的山水画卷，使人油然而生身临其境之感，堪称写景的千古佳作。在为其美妙的文笔由衷赞叹的同时，还有一个问题引起了包括众多郦学家在内的广大读者的好奇，那就是郦道元真的到过长江三峡吗？

走近郦道元

　　著名郦学家陈桥驿先生研究后认为，郦道元并未到过长江三峡，这段文字是在东晋袁山松（也称袁崧）所著《宜都记》的基础上改写而成的。《宜都记》是较早的一部以记述山川为主要内容的地方志，为袁山松任宜都郡太守时所写。有研究者认为，南朝宋的学者盛弘之所著《荆州记》中描写三峡的部分也是仿照《宜都记》而作。很显然，郦道元所著《水经注》中描写三峡的文章是在这两部前人作品的基础上改写而成的。目前虽然也有一些学者观点有所不同，但多数人是赞同陈桥驿先生观点的，即郦道元的足迹并没有到过长江三峡。

　　结合北魏的历史来看，之所以说郦道元没有到过长江三峡，是有一定的依据且符合常理的。首先，北魏的疆土最南边只到过淮河流域，并未到达长江流域。郦道元身为北魏官员，如果越境去处于敌对状态的南朝境内的话，无疑是一件困难而危险的事情。其次，假使郦道元流露出去南朝境内考察的想法，定会有人出面劝阻，毕竟当时南北朝之间相互叛逃的事件屡见不鲜，倘若郦道元偷越边境前往南朝考察长江，便有叛国投敌之嫌，以郦道元对北魏的忠心耿耿，断不会做此糊涂之事。再次，如果仅凭郦道元对三峡宛若身临其境般的生动描写，就认为他的足迹曾经到达过长江三峡的话，未免有些武断。细读这段文字，作者用极其简练而鲜活的语句，描写了长江三峡春夏秋冬四季的景色。恰恰是这样的描写，暴露出郦道元并未真正到过长江三峡的真相。试想，在当时的情况下，郦道元怎么可能一年四季多次去踏访属于南朝管辖的长江三峡呢？事实应该正如多数郦学家分析的那样，《三峡》这篇文章，是郦道元依据东晋袁山松所著《宜都记》以及南朝宋盛弘之所著《荆州记》中的相关内容改写而成，他本人并没有到过这里。

由此，很多人不禁会提出另外一个问题：郦道元一生喜欢游历山水，那么他的足迹究竟到达过哪些地方呢？对这一问题，历代郦学家都有研究，但结论有所不同。

王守春先生在《郦道元与水经注新解》一书中认为，郦道元的足迹几乎踏遍了北魏所统治的北方地区，具体为：西边到达黄河上游，即今青海省东部的河湟地区；西北到达今宁夏地区、内蒙古河套地区以及阴山以北；东北到达滦河上游地区；南面到达淮河以南和汉水下游，他还特别提到网络上说郦道元亲自考察三峡是在传递错误认知；西南到达汉中地区；东边到达胶东半岛的东海之滨。具体理由，王守春先生在书中主要依据《水经注》的描写进行了详细分析，本书不在此赘述。

客观地讲，古今郦学家对郦道元足迹所至进行的研究很重要，其成果也很宝贵。但就目前而言，由于这些研究成果大多是建立在对《水经注》的分析研究之上，而非直接证据使然，因而很难一概而论，出现的分歧也较多。那么在史料中有哪些确切的证据能让我们知道郦道元具体到过哪些地方呢？在此，本书试着透过郦道元的人生履历来简略还原一下他的足迹。

第一是今山西全境。北魏延兴二年（472年），郦道元出生在平城（今山西省大同市），并在这里成长到十二三岁。可以这样认为，郦道元在十二三岁之前，主要活动范围是在平城及其周边地

山西省大同市云冈石窟灵岩寺（据郦道元《水经注》描述复建）

区。其后，在刚刚踏入仕途时，郦道元又在平城为官。因此，对于山西北部的很多地方，郦道元都非常熟悉，特别是对于平城及其周边的建筑、景物、河流、山脉都很熟悉，诸如灵岩石窟寺（今云冈石窟、灵岩寺）、玄武山（今恒山）、武州川（今十里河）、桑干河、浑水（今御河）、灵泉池等，这些地方在郦道元所著《水经注》中，描写得清晰而细腻，自然而亲切。

　　郦道元在《水经注》中是这样描写武州山石窟（今云冈石窟）的："凿山石壁，开窟五所，镌建佛像各一，高者七十尺，次六十尺，雕饰奇伟，冠于一世。"说到武州山下的灵岩寺，郦道元写道："武州川水又东南流……其水又东转，径灵岩南，凿石开山，因岩结构，真容巨壮，世法所希，山堂水殿，烟寺相望，林渊锦镜，缀目新眺。"虽然后来灵岩寺的主要建筑因年代久远而难觅踪迹，但后世人们根据郦道元在《水经注》中的描述，复建了该寺。如今，世界各地游客来到这里，想必也会发自内心地感谢一千多年前的北魏人郦道元，感谢他为现代旅游业所做的重要贡献。

史书记载，太和十七年（493 年），郦道元跟随孝文帝拓跋宏南征。从平城出发，经过山西中部、南部的诸多地方，一路南行抵达河南洛阳。太和十八年（494 年），郦道元跟随皇帝拓跋宏又从洛阳北巡，抵达阴山脚下（今内蒙古河套地区），随后又跟随孝文帝原路返回洛阳。因此可以认为，郦道元的足迹贯穿今山西全境。

第二是今山东半岛。太和八年（484 年）至太和十二年（488 年），郦道元跟随父亲生活在青州。近五年间游历山东各地，几乎踏遍了今山东半岛的山山水水。对此，本书前面已有相关记述，此处不再赘言。

第三是今河北的中部、南部及京津地区。太和十三年（489 年），郦范去世后，郦道元护送父亲灵柩返回范阳郡故里，并在郦亭沟畔的郦各庄（今高碑店市栗各庄）村，为父守制三年。在这三年时间，郦道元对家乡周边地区，即今河北中北部，以及北京、天津境内的山河地貌、文物古迹进行了较为翔实的考察，特别是对家乡附近的郦亭沟、巨马水、督亢沟、易水、圣水等诸多河流，做了详细的记录。对此，本书前文也已有详述。景明二年（501

年）至景明四年（503年），郦道元任冀州镇东府长史。冀州治所在今河北南部的衡水市冀州区。在冀州的三年时间，郦道元实地考察、了解了河北南部很多地方。由此可知，郦道元应该到过河北的大部分地区，至少包括今河北的中部、南部以及京津地区。

第四是今内蒙古河套地区。史书和《水经注》都明确记载，郦道元于太和十八年（494年）跟随孝文帝北巡，巡视北方六镇并抵达阴山脚下的河套地区，这一点是确定无疑的。

第五是今河南大部及安徽北部地区。从景明四年至延昌四年（515年），郦道元先后在颍川郡、鲁阳郡、东荆州为官，这几个地方的治所分属于今河南省许昌市、平顶山市、驻马店市，参考北魏时期州郡的管辖范围，这几个地方几乎涵盖了今河南省的中南部地区。若再考虑到郦道元在洛阳多年为官并担任河南尹、御史中尉等官职，而且还曾奉旨前往相邻地区平叛，可以说他的足迹几乎踏遍了今河南省全境，至少可以说他走遍了今河南省的绝大部分地区。史书记载，郦道元于正光六年（525年）率军讨伐元法僧，曾与南朝军队激战于涡阳等地，因此，他曾到过今安徽北部地区也是可以确定的事情。

此外，郦道元从平城到青州，从平城到范阳以及从洛阳到冀州还要经过很多地方。根据李凭先生的研究，北魏平城时代的主要交通干线有七条，分别是：正北线的平城—永固—柔玄镇一线；东北线的平城—高柳—蓟（幽州治所）一线；正东线的平城—平舒—代—蓟一线；东南线的平城—崞山—莎泉—灵丘—中山（定州治所）一线；正南线的平城—鼓城—繁峙—桑干—阴馆—晋阳

（并州治所）一线；西南线的平城—鼓城—北新城—马邑—晋阳一线；正西线的平城—武周—善无—盛乐（云州治所）一线。从郦道元的履历看，在北魏迁都洛阳之前，他至少走过其中的正东线、东南线、正南线和正北线。在迁都洛阳之后，无论从洛阳到冀州还是从洛阳到颍川、鲁阳、东荆州、涡阳等地，分别还要经过今河北南部、河南多地以及安徽北部的很多地方。

至于郦道元在故里为父亲守制和在洛阳赋闲期间去过哪里，是否去过河北北部以及东北地区，史书中缺少明确记载，我们也只能从《水经注》中分析和找寻了，本书在此不做进一步分析。

孝昌三年（527 年），郦道元出任关右大使。他从洛阳出发前往关中地区，行至潼关附近的阴盘驿亭时，壮烈殉国，这里也成为郦道元人生足迹的终点。

第四节 千年共注一部书

　　郦道元生活的年代，距今已经有一千五百年了，但在很多人的心目中，郦道元并不遥远。这是因为他撰写的《水经注》可能就摆在你我的书架、案几或枕边。书中那些脍炙人口的段落，那些瑰丽而清奇的语句，通过现代媒体的传播，能时常停留在我们的视野，经常回荡在我们的耳边。

　　我们要感谢郦道元，他为我们留下了这部千古名著。我们还要感谢历代为《水经注》的传播作出贡献的人们，正是他们一代又一代对《水经注》的收藏、传抄、研究和注释，使这部名著得以流传并日臻完善，从而逐渐形成了"郦学"这一门重要学问。

　　郦道元去世后不久，北魏的内乱进一步加剧。在军阀互相征伐的过程中，北魏分裂为东魏和西魏，随后又经历了北齐和北周，再之后北周被隋朝取代。隋朝灭亡了南朝陈，结束了中国南北分裂的局面。在当时的混乱时代，刻板印刷术还没有发明出来，加之战乱频仍，《水经注》这部民间著作得以保存并传承后世殊为不易。

　　从史料的记载看，唐朝时就有官方对《水经注》的收藏，也有民间对《水经注》的传播。唐代宰相李吉甫编纂的《元和郡县图志》中，就引用了《水经注》的内容。著名诗人陆龟蒙在诗中写道："水经山书不离身。"可见他也是随身携带《水经注》这本书的。

从宋朝开始，出现了雕版印刷技术，使《水经注》的传播变得更加容易和方便。但与此相伴的是，反复刻板印刷也会造成文字的错漏，有些还会以讹传讹。比如，宋仁宗景祐年间记载《水经注》为三十五卷，比郦道元原来的四十卷减少了五卷。正是由于《水经注》传抄刻印过程中脱漏错讹，催生了后世对该书的校勘和补正。

明万历朱谋㙔《水经注笺》书影

虽然从金、元时期就有人对《水经注》一书进行补正，但真正兴起对《水经注》的校勘之风应该从明朝算起。在明朝人校勘的诸多《水经注》版本中，有两个版本对后世影响较大。其一是官方编纂的《永乐

大典》中收录的《水经注》，学界称之为《大典本》；其二是在收集诸多民间流传版本的基础上，由朱谋㙔精心校勘而成的

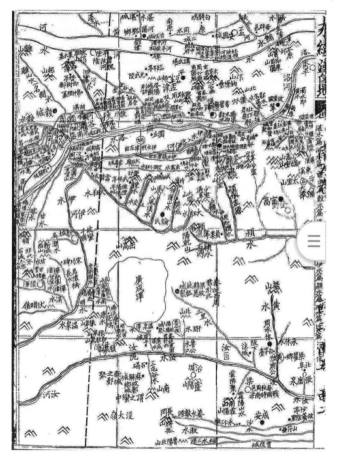

杨守敬、熊会贞绘《水经注图》书影

《水经注笺》，该书被清代顾炎武称为"三百年一部书"，对后世郦学研究影响很大。陈桥驿先生认为："把《水经注》的研究作为一门专门的学问，即郦学，朱谋㙔实开其端。"

到了清代，郦学研究有了更大的发展和更多的传承。清初著名学者顾炎武、刘献廷、胡渭等人对《水经注》的研究有不少贡献。及至清乾隆时期，出现了三个对《水经注》研究有卓越贡献的人，分别是全祖望、赵一清和戴震，这三人被称为乾隆考据学派的代表人物。清代后期的郦学研究者还有董祐诚、汪士铎、谢钟英等人。

清末民初时期，是《水经注》校勘和研究的又一个重要时期，涌现出了杨守敬、王国维、熊会贞、郑德坤、胡适等郦学研究大家。其中，杨守敬、熊会贞师徒二人，用了半个多世纪的时间，共同完成了《水经注疏》这部鸿篇巨制，还编绘了《水经注图》。后来，《水经注图》于2009年由中华书局出版。

王国维是继杨守敬之后对郦学研究有卓越贡献的学者，他在对八种版本《水经注》校勘的基础上，完成了《水经注校》一书。郑德坤先生先后编纂完成了《水经注引得》《水经注引书考》和《水经注故事钞》，并依据杨守敬的《水经注图》重新编绘了《水经注图》。胡适在其人生最后二十年，也专注于《水经注》的研究。他不仅收藏了众多《水经注》版本，还对有关郦学史的通信集进行了深入研究，后来这些研究成果被编入《胡适手稿》一书，一度引起很大反响。

20世纪中后期，郦学研究的代表人物当属吴天任和陈桥驿二位先生。

吴天任曾执教于香港多所大学，毕生致力于研究郦学史。其代表作包括详细记录杨守敬生平的《杨惺吾先生年谱》，郦学家的论文书信集《水经注研究史料汇编》以及《郦学研究史》，后者被称为郦学研究史的全面系统之著作。

在当今，只要提到"郦学"这个词，人们便一定会想起一个人的名字，陈桥驿。陈桥驿先生是我国当代著名的历史地理学家，曾任浙江大学地球科学系终身教授、中国地理学会历史地理专业委员会主任等职。陈桥驿先生一生致力于研究郦学，堪称当代郦学研究的泰斗。他撰写、点校、校正出版了大量郦学著作，其中包括《水经注研究》《郦道元与水经注》《郦学札记》《郦道元评传》《水经注论丛》《水经注校正》等，还出版有多种全译本《水经注》。陈桥驿先生在郦学研究和发展方面起到了继往开来的重要作用。

除国内学者外，国外很多学者也对《水经注》青睐有加，并进行了不少研究工作。欧洲的汉学家早在清朝末期就开始了对《水经注》的研究工作。比如法国汉学家沙畹、伯希和、马伯乐，英国汉科学史专家李约瑟，日本学者小川琢治、森鹿三、宫崎市定、足立喜六等众多学者，或对《水经注》进行推介，或依据《水经注》进行相关研究，撰写出版了一定数量的文章和著述，为《水经注》在全世界范围内的推广和传承做出了贡献。

可以毫不夸张地说，郦道元所著《水经注》，不仅是中华民族的重要文化遗产，也是全人类的宝贵精神财富。郦道元这位中世纪最伟大的地理学家，值得我们永远铭记。

附录

一 郦道元简略年谱

472年，郦道元出生于北魏的都城平城（今山西大同）。

484年，郦范出任青州刺史，郦道元跟随父亲郦范前往青州治所东阳居住。

488年，郦范卸任青州刺史，郦道元跟随父亲返回平城。

489年，郦范病逝于平城。郦道元承袭父亲永宁侯爵位，例降为永宁伯。郦道元护送父亲灵柩返回故里，并守制三年。

492年，郦道元结束为父守制返回平城，担任太傅掾一职。

493年，任尚书主客郎中，跟随孝文帝南征至洛阳。

494年，以尚书祠部郎中身份跟随孝文帝北巡，先是回到平城，后至阴山脚下，随后跟随孝文帝返回洛阳。

495年，受御史中尉李彪赏识，入御史台任治书侍御史。

498年，御史中尉李彪被免职，郦道元连坐免官。

501年，郦道元外放冀州，任冀州镇东府长使，并代行刺史之权。

503年，郦道元先后出任颍川郡太守、鲁阳郡太守。在两地担任太守十二年时间，政声颇佳。

515年，郦道元出任东荆州刺史，其间威猛行政，一度遭人诬告。同年免官，返回京城洛阳。

524年，郦道元被起复，任河南尹。同年，任使持节兼黄门侍郎，与大都督李崇一起安抚北方六镇，六镇起义爆发后返回洛阳。

525年，郦道元任使持节兼侍中，摄行台尚书，节度诸军，讨伐叛将徐州刺史元法僧，在涡阳击退南朝接应之军，多有斩获。

526年，郦道元出任御史中尉。

527年，郦道元出任关右大使，前往关中地区查看萧宝夤的动向。行至潼关附近的阴盘驿亭，被萧宝夤部下郭子帙杀害。

528年，魏军收复长安，郦道元归葬洛阳，被朝廷追封为吏部尚书、冀州刺史、安定县男。

二 北魏部分皇帝年号表

道武帝拓跋珪（386—409年）

登国 386—396年

皇始 396—398年

天兴 398—404年

天赐 404—409年

明元帝拓跋嗣（409—423年）

永兴 409—413年

神瑞 414—416年

泰常 416—423年

太武帝拓跋焘（424—452年）

始光 424—428年

神麚 428—431年

延和 432—435年

太延 435—440年

太平真君 440—451年

正平 451—452年

南安王拓跋余（452年）

永平 452年

文成帝拓跋濬（452—465年）

兴安 452—454年

兴光 454—455年

太安 455—459年

和平 460—465年

献文帝拓跋弘（466—471年）

天安 466—467年

皇兴 467—471年

孝文帝拓跋宏（元宏）（471—499年）

延兴 471—476年

承明 476年

太和 477—499年

宣武帝元恪（500—515年）

景明 500—504年

正始 504—508年

永平 508—512年

延昌 512—515年

孝明帝元诩（516—528年）

熙平 516—518年

神龟 518—520年

正光 520—525年

孝昌 525—527年

武泰 528年

孝庄帝元子攸（528—530年）

建义　528年

永安　528—530年

东海王（长广王）元晔（530—531年）

建明　530—531年

节闵帝元恭（531—532年）

普泰　531—532年

安定王元朗（531—532年）

中兴　531—532年

孝武帝元修（532—534年）

太昌　532年（4月改）

永兴　532年（12月改）

永熙　532—534年

三 郦道元家族主要成员简表

郦嵩（天水太守）→	长子：郦范 （青州刺史，封永宁侯，假范阳公）→
	次子：郦神虎（尚书左民郎中）
	三子：郦夔（追赠征虏将军，安州刺史）→
	四子：郦神期（中书博士）
	五子：郦显度（尚书库部郎）

长子：郦道元 （东荆州刺史，河南尹，御史中尉） →	长子：郦伯友
	次子：郦仲友
	三子：郦孝友
	四子：郦继方
	五子：郦绍方
次子：郦道峻	
三子：郦道博	
四子：郦道慎（正平太守，长乐相）	
五子：郦道约（东莱、鲁郡二郡太守）	
郦恽（行台郎中，加征虏将军）→	郦怀则（司空长流参军）

四 主要参考书目及文献

《合校水经注》，（北魏）郦道元著，（清）王先谦校，中华书局。

《水经注》，陈桥驿译注，王东补注，中华书局。

《水经注图》，杨守敬、熊会贞编，光绪三十一年宜都杨氏观海堂朱墨套印本。

《北魏史》，山西出版传媒集团北岳文艺出版社。

《郦道元评传》，陈桥驿著，南京大学出版社。

《郦道元与水经注新解》，王守春著，深圳出版发行集团海大出版社。

《郦道元与水经注》，陈桥驿著，上海人民出版社。

《郦道元与水经注》，李凭、王振芳著，河北教育出版社。

《中国古代科技史话：笔著华夏郦道元》，金开诚主编，郭蕊编著，吉林出版集团有限责任公司。

《魏书》，（北齐）魏收撰，中华书局。

《北史》，（唐）李延寿撰，中华书局。

《乐浪郡太守考》，赵红梅撰，通化师范学院学报第31卷第1期（2010年1月）。

《北魏平城时代》，李凭著，上海古籍出版社。

《两晋南北朝史》，吕思勉著，江苏人民出版社。

《漫长的余生》，罗新著，北京日报出版社。

《地理学家郦道元》，蒋丛发著，北越文艺出版社。

《高僧昙曜》，于立强著，北岳文艺出版社。

《文明太后冯氏》，任勇著，北岳文艺出版社。

《改革家李冲》，周志海著，北岳文艺出版社。

《千古一后》，周思源著，电子工业出版社。

《资治通鉴》，（宋）司马光编著，商务印书馆。

《北齐书》，（唐）李百药著，中华书局。

《保定府志》（清光绪版）。

《涿县志》（民国版）。

《直隶新城县旧志》（清道光版）。

《新城县志》（民国版）。

五 《魏书》郦范传记书影

東將軍金紫光祿大夫武定四年卒年五十八
郦範字世則小名記祖范陽涿鹿人祖紹慕容
寶濮陽太守祖定中山以郡迎降授充州監
軍父高天水太守範世祖時給事東宮高宗踐
祚追録先朝舊勳賜爵永昌男加寧遠將軍以
治禮郎奉遷世祖恭宗神主於太廟進爵為子
征南大將軍慕容白曜南征範為左司馬師次
無鹽劉或戍主申纂慿城拒守識者僉以攻具
未周不宜便進範貝今輕軍遠襲襲深入敵境無

宜浦留父稽機候且纂必以我軍來速不去攻
守謂方城可慿弱辛可恃此天亡之時也今若
外潛威形內整我猴密厲將士出其非意可一
攻而剋之白曜曰一日縱敵數世之患今若舒
遲民心固矣司馬之策是世遂濟軍傷退以
不攻纂果不設備於是即夜部分旦便騰城崇
朝而剋白曜將盡以其人為軍實範曰晉四履
之地世號東秦不遠為經略孤未可定也年皇
威始被民未霑澤連城有懷貳之將邑有拒

州之夫宜先信義示之軌物然後民可懷二
州可定白曜曰良策也乃次於肥城白
曜將攻之範曰肥城雖小攻則淹日得之無益
軍聲失之有損威勢且見無鹽之卒走者塗炭
成敗之機足為驅使若飛書告諭可不攻自伏
縱其不降亦當逃散白曜乃以書曉之肥城果
潰白曜目範於眾曰此行也得卿三齊不足定
矣軍達升城劉或太原太守房崇吉棄母妻東
走或青州剌史沈文秀遣其彎朔將軍張元孫

（一）

奏成歸款請軍接納答曜將遣偏師赴之範曰
桑梓之戀有懷同德文秀家在江南青土無堪
栢之累擁眾數萬勁甲堅城彊則拒戰勢屈則
走師未過之朝夕無患竟何所畏厚言甘誘
觀其使詞煩而顏覬視下而志怯歷城平盤陽
我也若不速圖懼軍勢既進無所退逼歷陽
敵甄羊嚮番禺之謂未若先守歷城平盤陽
下梁鄒剗樂陵然後方軌連鑣揚旌直進何患
不虞漿路左以迎明公者哉白曜曰卿前後納

策皆不失表今日之筭吾所不取何者道固孤
城裁能自守盤陽諸城不野戰諸軍勢既進兔殄
意在先誠天與不取後悔何及範曰短見猶謂
不應歷城足食足兵非一朝可拔文秀既嬰東
陽為諸城根本多遣軍則歷城之固不立少遣
眾則無以懼敵心脫文秀還叛閉門拒于偏師
在前必相乘其所挫梁鄒諸城追擊其後文秀身率
大軍必相乘追腹背受敵進退無途雖有韓白
恐無全理願更思審勿久賊計中白曜乃止遂

表範為青州刺史以撫新民後進爵為侯加冠
軍將軍運高書右丞後除平東將軍青州刺史
假范陽公範前解州還除亡也夜夢毛拂躶他
日說之時齊人有占夢者曰毛進去其家盛於
齊乎矣使君臨撫東泰道光海岱必當重牧全
夢東祿慾營丘矣範笑而苦曰吾將為卿必驗此
夢東如其言具時鎮將元伊利表範與外賊交
通高祖詔範曰卿身非功舊位無重班所以超
遷顯爵任居方夏者正以勤能致遠雖外無殊

效亦未有負時之愆而鎮將伊利妄生姦挑表
卿造舡市玉與外賊交通規陷卿罪窺覦州任
有司推驗虛實具目顯有罪者令伏其辜奏卿其
明為姦略勿復懷疑待卿別犯刑及鞭今恕
刑罷鞭止罰五十卿宜克循綏輯邊服稱朕意
也還朝年六十二卒於京師諡曰穆範五子道
元在酷吏傳
道元第四弟道慎字善秦涉歷史傳有幹略自
奉朝請遷尚書二千石郎中加威遠將軍為漢

(二)

川行臺迎接歈以功除首闕常侍領郎中轉輔
國將軍驍騎將軍尋爲正平太守治有能名邊長
樂相正光五年卒年三十八贈後將軍平州刺史
子中字伯偉武定初司徒刑獄參軍
道慎弟納字善禮起家奉朝請再遷冠軍將軍
司徒諮議參軍機質遲鈍頗愛琴書性多造請
好以榮利干調乞丐不已多爲人所哭弄坎壈
於世不免飢寒晚歷東萊魯郡二郡太守爲政
清靜吏民安之年六十三武定七年卒

範弟神虎尚書左民郎中
神虎弟義文子憘字幼和好學有文才尤長吏幹
正光中刺史裴延儁用爲主簿令其修起學校
又舉秀才射策高第爲奉朝請後延儁爲討胡
行臺尚書引爲行臺郎以招撫有稱除尚書外
兵郎仍行臺郎及尒朱兆解還行臺長孫稚又引
爲行臺郎加征虜將軍憘頗兼武用常以功名
自許每進計於雅多見納用以功賞魏昌縣開
國子邑三百戶憘仕軍啓求減身官爵爲父請

贈詔贈寧遠征虜勇將軍安州刺史憘後與唐州刺
史崔元珍固守平陽武泰中尒朱榮稱兵赴洛
憘與元珍不從其命爲榮行臺郎中樊子鵠所
攻城陷被害時年三十六世咸痛惜之所作文
章顯行於世撰慕容氏書不成
子懷則武定末司空長流參軍
憘弟顯度司州秀才尚書庫部郎
神期弟神期中書博士
韓秀字白虎昌黎人也祖宰慕容儁謁者僕射

（三）

六 《魏书》郦道元传记书影

封武津縣公
子瓚字紹珍位兼尚書左丞卒瓚妻莊帝妹也
後封襄城長公主故特贈瓚冀州刺史
子茂字祖昂龍驤將軍
酈道元字善長范陽人也青州刺史範之子太
和中為尚書主客郎御史中尉李彪以道元秉
法清勤引為治書侍御史累遷輔國將軍東荊
州刺史威猛為治蠻民詣闕訟其刻峻坐免官
女之行河南尹尋即具蕭宗以沃野懷朝薄骨

律武川撫其乏懷荒禦夷諸鎮並為州其
郡縣戍名令隽古城邑詔道元持節兼黃門侍
郎與都督李崇等宜置立裁減去留儲兵積粟
以為邊備未幾除安南將軍御史中尉道元素
有嚴猛之稱及選州官多由於念念匪於悅第時
常與卧起及道元收念付獄悅啟靈太后請全之敕
還之道元逐盡其命因以翔悅是時雍州刺史
蕭寶夤及狀稍露恫等諷朝廷遣為關右大使

遂為寶夤所害死於陰盤驛亭道元好學歷覽
奇書撰注水經四十卷本志十三篇又為七聘
及諸文皆行於世然兄弟不能篤睦又多嫌忌
時論薄之
谷楷昌黎人濮陽公渾曾孫稍遷奉車都尉時
沙門法慶反於冀州難大軍討破而妖帥尚未
梟除詔楷詣冀州追捕皆擒獲之楷眇一目而
性甚嚴忍前後奉使皆以酷暴為名時人號曰
瞎虎尋為城門校尉卒

七 《北史》郦范、郦道元传记书影

納言，濩澤郡公。

郦範字世則，范陽涿鹿人也。祖紹，慕容寶濮陽太守，以郡迎降，道武授兖州監軍。父

嵩，天水太守。

範，太武時，給事東宮。文成踐阼，[三六]追錄先朝舊勳，賜爵永寧男。以奉禮郎奉遷太武、

景穆神主於太廟，進爵爲子。爲征南大將軍慕容白曜司馬。及定三齊，範多進策，白曜皆用

其謀，遂表爲青州刺史。進爵爲侯，加冠軍將軍。還爲尚書右丞。

後除平東將軍、青州刺史，假范陽公。範前解州還京也，夜夢陰毛拂踝。他日說之。時

齊人有占夢者史武進云：「公豪盛於齊下矣。使君臨撫東秦，道光海岱，必當重牧全齊，再

祿營丘矣。」範笑答曰：「吾將爲卿必驗此夢。」果如言。時鎮將元伊利表範與外賊交通。孝

文詔範曰：「鎮將伊利表卿造船市玉，與外賊交通，規陷卿罪，窺覦州任。有司推驗，虛實自

顯，有罪者今伏其辜矣。卿其明爲算略，勿復懷疑。」還朝，卒京師。諡曰穆。子道元。

道元字善長。初襲爵永寧侯，例降爲伯。御史中尉李彪以道元執法清刻，自太傅掾引

（一）

為書侍御史。彪為僕射李沖所奏，道元以屬官坐免。景明中，為冀州鎮東府長史。刺史于勁，順皇后父也，西討關中，亦不至州，道元行事三年。為政嚴酷，吏人畏之，姦盜逃于他境。

後試守魯陽郡，道元表立黌序，崇勸學教。詔曰：「魯陽本以蠻人，不立大學。今可聽之，以成良守文翁之化。」道元在郡，山蠻伏其威名，不敢為寇。延昌中，為東荊州刺史，威猛為政，如在冀州。蠻人詣闕訟其刻峻，請前刺史寇祖禮。及遣戍兵七十人送道元還京，〔二九〕二人並坐免官。

後為河南尹。明帝以沃野、懷朔、薄骨律、武川、撫冥、柔玄、懷荒、禦夷諸鎮並改為州，其郡、縣、戍名，令準古城邑。詔道元持節兼黃門侍郎，馳驛與大都督李崇籌宜置立，裁減去留。會諸鎮叛，不果而還。

孝昌初，梁遣將攻揚州，刺史元法僧又於彭城反叛。〔三〇〕詔道元持節、兼侍中、攝行臺尚書，節度諸軍，依僕射李平故事。梁軍至渦陽，敗退。〔三一〕道元追討，多有斬獲。

後除御史中尉。道元素有嚴猛之稱，權豪始頗憚之。而不能有所糾正，聲望更損。司州牧、汝南王悅嬖近左右丘念，常與臥起。及選州官，多由於念。念常匿悅第，時還其家，道元密訪知，收念付獄。悅啟靈太后，請全念身，有敕赦之。道元遂盡其命，因以劾悅。

時雍州刺史蕭寶夤反狀稍露，侍中、城陽王徽素忌道元，因諷朝廷，遣為關右大使。寶

列傳第十五　酈範

九九五

（二）

貪虐道元圖己，遣其行臺郎中郭子恢圍道元於陰盤驛亭。亭在岡上，常食岡下之井。旣被

圍，穿井十餘丈不得水。水盡力屈，賊遂踰牆而入。道元與其弟道闡二子俱被害。道元瞋

目叱賊，厲聲而死。實貪猶遣斂其父子，殯於長安城東。事平，喪還，贈吏部尚書、冀州刺

史、安定縣男。

道元好學，歷覽奇書，撰注水經四十卷，本志十三篇。又爲七聘及諸文皆行於世。然兄

弟不能篤睦，又多嫌忌，時論薄之。子孝友襲。

道元第四弟道愼，字善季，涉歷史傳，有幹局。位正平太守，有能名。遷長樂相。卒，贈

平州刺史。

道愼弟道約，字善禮，樸質遲鈍，頗愛琴書。性多造請，好以榮利干謁，乞丐不已，多爲

人所笑弄。坎壈於世，不免飢寒。晚歷東萊、魯陽二郡太守。爲政淸靜，吏人安之。

範弟道峻子惲，字幼和。好學有文才，尤長吏幹。舉秀才，射策高第。歷位尚書外兵

郎。行臺長孫稚引爲行臺郎。惲頗兼武用，恒以功名自許。每進計於承業，多見納用。以

功賞魏昌縣子。惲在軍啟求減身官爵，爲父請贈，詔授征虜將軍、安州刺史。

惲後與唐州刺史崔元珍固守平陽，爾朱榮稱兵赴闕，惲與元珍不從，爲榮行臺郎中樊

（三）

子鵠陷城，被害。所作文章，頗行於世。撰慕容氏書，不成。

子懷則，司空長流參軍。

韓秀字白武，〔三〕昌黎人也。祖宰，慕容儁謁者僕射。父景，〔三〕皇始初歸魏，拜宣威將

軍、騎都尉。

秀歷位尚書郎，賜爵遂昌子。文成稱秀聰敏清辯，才任喉舌，遂命出納王言，并掌機密。

行幸遊獵，隨侍左右。獻文即位，轉給事中，參征南慕容白曜軍事。

延興中，尚書奏以敦煌一鎮，介遠西北，寇賊路衝，慮或不固，欲移就涼州。羣臣會議，

僉以為然。秀獨曰：「此蹙國之事，非闢土之宜。愚謂敦煌之立，其來已久，雖鄰強寇，而

兵人素習，循常置戍，足以自全。若徙就姑臧，慮人懷異意，或貪留重遷，情不願徙，脫引

寇內侵，深為國患。且捨遠就近，一旦廢罷，是啟戎心，則夷狄交構，互相來往。

關右荒擾，烽警不息，邊役煩興，艱難方甚。」乃從秀議。後為平東將軍、青州刺史。卒，子

務襲爵。

務字道世，性端謹，有吏幹。為定州平北長史，頗有受納，為御史中尉李平所劾。付廷

（四）

八 古本《水经注》巨马水篇书影

其追其貊奄受北國鄭玄曰周封韓侯居韓城爲
侯伯言爲獫夷所逼稍稍東遷也王肅曰今涿郡
方城縣有韓侯城世謂寒號非也聖水又東流
右會清淀水水發西淀東流注聖水謂之劉公口
也
又東過安次縣南東入于海
聖水又東逕勃海安次縣故城南中平二年桓帝
封荆州刺史王敏爲侯國又東南流注于巨馬河
而不達于海也

巨馬河出代郡廣昌縣淶山，

六經　卷之十三　五

即淶水也有二源俱發淶山東逕廣昌縣故城南
王莽之廣屏魏封樂進爲侯國又淶水又東北逕
西射魚城東南而東北流又逕東射魚城南又屈
逕其城東竹書紀年曰荀瑤伐中山取窮魚之丘
窮射宇相類疑卽此城也所未詳失淶水又三
女亭西又逕樓亭北左屬白澗溪水有二源合注
一川川石皓然望同積雲故以物色受名其水又
東北流逕之石曹水伏流地下溺則通津委注謂
之白澗口淶水又東北桑谷水注之水南發溪北
注淶水淶水又北逕小黌東又東逕大黌南蓋霍

原隰敷授處也徐廣云原隰居廣陽山敷授數千
人爲王浚所召雖千古世縣猶表二聳之稱旣無
碑頌竟不知定誰居世淶水又東北歷紫石溪口
與紫水合水北出聖人城北大亘下東南流左會
塥河淶水蓋山崩委澗積石淪隍故溪澗受其名
矣水出東北西南流注紫石溪水又東南流逕
聖人城東又東南右會檐車水水出檐車東南
流逕聖人城南又東南城南又南注于淶水
淶水又東南逕榆城南又屈逕其城東謂之榆城
河淶水又南逕藏刀山下嶂壁立直長千霄遠
望崖側有若積刀鐶鐶相比成悉西首淶水東逕
徐城北出爲世謂之沙溝水又東督亢溝出一
水東南流卽淶水之故瀆也一水西南出卽淶
水盛則長津弘注水耗則通波潛伏重源顯於

水經　卷之十二　六

東過逎縣北
逎縣舊則川矣
淶水上承故瀆於縣北垂重源再發結爲長潭潭
廣百許步長數百步左右翼帶淸流控引水自成
淵淸若長川漫下十一許步東南流逕縣故城東漢
景帝中元三年以封匈奴降王隆疆爲侯國王莽

（一）

更名遇屏也謂之巨馬河亦曰渠水也又東南流

衣本初遣別將崔品業攻固安下退還公孫瓚追

擊之於巨馬水死者六七千人卽此水也又東南

逕范陽縣故城北易水注之

又東南過容城縣北

巨馬水又東酈亭溝水注之水上承督亢溝水於

遒縣東南流歷紫淵東余六世祖樂浪府君自

涿之先賢鄉爰宅其陰西帶巨川東䡇茲水枝流

津通縈絡墟圃匪直田漁之賑可懷信為遊神之

勝處也其水東南流又名之為酈亭溝其水又西

水經 卷之十二 十七

南轉歷大利亭南入巨馬水又東逕容城縣故城

北又東督亢溝水注之水上承淶水於淶谷引之

則長津委注過之則微川輟流水德含和變通在

我東南流遇縣北又東逕涿縣酈亭樓桑里南

卽劉備備之舊里也又東逕督亢澤苞方城縣縣

故屬廣陽後隸於涿郡國志曰燕太子丹使荊軻入秦

之遣畫有督亢地圖言燕太子冊上古聖賢家地記曰

秦王殺軻圖亦絕滅地理書上谷幽州南界

督亢地在涿郡今故安縣南有督亢陌

也風俗通曰沇泲也言平泲泲沇沇無崖際也沇

水經 卷之十二 八

澤之無水斥鹵之謂也其水自澤枝分東逕涿縣

故城南又東逕漢待中盧植墓南又東逕廣陽

督亢澤也北屈進于桃水督亢又東南謂之白溝

水南逕廣陽亭西余西南而南枝溝水西受巨馬河

東出為枝溝又東逕益昌縣濩澱水右注之水上承

巨馬河又東南逕臨鄉城南漢封廣陽

王子雲為侯國地理風俗記曰方城南十里有臨

護陂於城東南漢

鄉城故縣也城西南入巨馬水巨馬水東逕益昌縣故

城西南入巨馬水又東南逕益昌縣故城南漢

封廣陽頃王子嬰之有秩也地理風

俗記曰方城縣東八十里有益昌城故縣也又東

八丈溝水注之水出安次縣東北平地泉東南逕

安次城東南逕束州縣故城西又南逕常道城東安次縣故

河枯溝溝自安次西北束逕泉州縣故

城西晉司空劉琨所守以拒石勒也

又東南至泉州縣西南入八丈溝又南

入巨馬河亂流東注也

又東過勃海平舒縣北束入于海

地理志曰淶水東南至容城入于海卽濡水也

蓋升以明會矣巨馬水於平舒北南入于雩池而

同歸於海也

九 古本《水经注》巨洋水篇书影

沭謂之祖口城得其名矣東南至胸縣入游注海也

巨洋水出朱虛縣泰山北過其縣西

泰山即東小泰山也巨洋水即國語所謂其水矣
袁宏謂之巨昧王韶之以爲巨裏亦或曰胸瀰皆
一水也而廣其目焉其水北流逕朱虛縣故城西
漢惠帝二年封齊悼惠王子劉章爲朱虛侯國地理風
俗記曰丹山在西南丹水所出東入海丹水由朱
虛丘阜矣故言朱虛城西有長坂遠峻名爲破車
峴城東北二十里有丹山世謂之几山縣在西南

水經 卷之二十六 車

非山也丹几字相類音從字變也山導丹水有二
源各導一山世謂之東丹西丹水也西丹自穴山
北流逕劇縣故城東東丹水注之出方山山有三
水一水即東丹水也北逕縣合西丹水而亂流又
東北出逕溡澗北濟水亦出方流入平壽縣積
而爲諸水盛則北■東南流屈而東北流逕平壽
縣故城西而北注海蓋亦劇縣所氏者也
望臺東東北過胸縣東
又北過臨胸縣西
巨洋水自朱虛北入臨胸縣熏冶泉水注之水出

水經 卷之二十六 本

西谿飛泉側瀨於窮次之下泉谿之上源麓之側
有一祀目之爲冶泉祀披廣雅金神謂之清明斯
地蓋古冶官所在故水取稱焉水色澄明而清冷
特異淵無潛石淺鏤水文中有古壇參差枯對後
人微加功飾以爲嬉遊之處南北遼峰凌空疎木
交合先公以太和中作鎮海岱余總角之年持節
東州至若炎夏火流閒居倦想提琴命友嬉娛永
日桂筍尋波輕林委浪琴歌既洽懽情亦暢是爲
棲勞情可憑矣小東有一湖佳饒鮮筍匪直芳齊
芳藥實亦潔並飛鱗其水東北流入巨洋謂之熏

冶泉又逕臨胸縣故城東城古伯氏駢邑也漢武
帝元朔二年封菑川懿王子劉奴疾國應劭曰臨
胸山名也故縣氏之胸亦水名其城側胸臨胸是
以王莽用表厥稱焉巨洋水上下洑水悉是劉武皇
北水廣固營壘所在矣巨洋又東北逕委粟山東
孤阜秀立形若委粟東北流逕平壽山東南有
山西北石澗口東南逕逢山下祠西洋水注之水西出石膏
歷逢山下即石膏山也逢山三成壁立直上上有
石鼓鳴則年凶郭緣生續述征記曰逢山在廣固
南三十里有祠并石鼓齊地將亂石人輒打石鼓

（一）

闊數十里洋水歷其陰而東北流世謂之石溝水
東北流出於委粟山北而東注于巨洋謂之石溝
曰然是水下流亦有時通塞及其春夏水泛川澗
無輟亦或謂之爲龍泉水地理志石膏山洋水是
出也今於此縣唯是清當之似符羣諮矣巨洋又
東北得邵泉口泉源西出平地東流注于巨洋巨
洋又北會建德水水西發逢山阜而東流入巨洋
水也

又北過劇縣西

巨洋水又東北合康浪水水發縣西南峴山無事

水經　卷之二十六

樹木而貞峭岷壑貲岏分立左思齊都賦曰峴頓
其左是也康浪水北流注於巨洋巨洋又東北逕
劇縣故城西古紀國也春秋莊公四年紀侯不能
下齊以與其國違難也後改曰劇故
魯連子曰胸劇之人辯者也漢文帝十八年別爲
菑川國後幷北海漢武帝元朔二年封菑川懿王
子劉錯爲姦國也晏謨曰西去齊城九十七里耿弇
臺臺西有方地晏謨曰南去齊城五十
破張步於臨淄追至巨洋水上僵尸相屬即是水也
巨洋又東北逕晉龍驤將軍宣幽州刺史辟閭渾墓

東而東北流渾側有一墳甚高大時人咸謂之爲
焉陵而不知誰之丘壟也巨洋水又東北逕益縣
故城東王莽更之滌蕩也晏謨曰南去齊城五十
里司馬宣王伐公孫淵北徙豐人住於此城遂改
名爲南豐城也東北積而爲潭枝津出焉謂之
百尺溝西北流逕北益都城也漢武帝元朔三年
封菑川懿王子劉胡爲姦國又西北流而注于巨

又東北過壽光縣西

巨洋水自湖東北流逕縣故城西王莽之翼平亭
也漢光武建武二年封更始子鯉爲姦國城之西
南水東有孔子石室故廟堂也中有孔子像弟子
問經既無碑誌未詳所立巨洋又東北逕巨淀水注
之水出劇縣南有劇山即故義山也俗人以其山
角因名之爲角崩山亦名爲角林山皆世俗音譌
水卽澠水地理志曰劇縣有義山澠水所出也
北逕峴山東俗亦名之爲青水矣競水又東北
東逕壽光二城間應劭曰壽光縣有灌亭杜預曰
在縣東南斟灌國也又言斟亭在平壽東南平

水經　卷之二十六

淀矣

又東北過壽光縣西

壽故城在白狼水西今北海郡治水上承營陵縣

（二）

之下流東北逕城東西入別晝湖亦曰朕懷湖湖
東西二十里南北三十里東北入海斟亭在濰水
東水出桑犢亭東覆甑山亭故高密郡治世謂之
故郡城山瀆也斟之落山水亦曰鹿孟水亦曰覆甑
非也地理志曰桑犢故亭北海之屬縣矣有覆甑
山澆水所出北逕斟亭西北今日很水按地理志
北海有斟縣京相璠曰故斟亭禹後西北去灌
亭九十裏澆水又北逕寒亭西
灌東薛瓚漢書集注云按汲郡古文相居斟灌東
郡灌是也明帝以封周後改曰衛斟亭在河南非

水經　卷之三十六

平壽也又云太康居斟尋邘亦居之桀又居之尚
書序曰太康失國兄弟五人俟于洛汭此即太康
之居為近洛也余考瓚所據今河南有尋也衛國
有觀土國語曰啟有五觀謂之姦子五觀蓋其名
也其處之邑其名曰觀皇甫謐曰衛地又云夏相
徙帝丘依同姓之諸侯于斟尋即汲冢書
云相居斟灌也既依斟尋明斟尋非一居矣窮后
既伏善射纂相斟灌也既依斟尋明斟尋非一居矣
澆因其室而有殘故秦襄公四年魏絳曰澆用
師滅斟灌及斟尋氏處澆於過處戈干戈是以伍

員言於吳子曰過澆殺斟灌以伐斟尋是也有夏
之遺臣曰靡事斟斟之灰也逃于鬲氏今鬲縣也
收斟灌二國之餘燼殺韓浞而立少康滅之有
窮遂亡也是以其居其業而表其
邑縱遺文泫禩亭郭有傳未可以彼為是以上推傳應氏之
專此尋名也而專彼為非也地理志曰斟水自
據可按堯水又東北注巨洋伏琛晏謨並言
堯嘗頻駕於此故受名焉即是水也
劇東北至壽光入海公其逕即是水也

水經　卷之三十六

又東北入于海

巨洋水東北逕望海臺西東北流環晏謨並以
為平望亭在平壽縣故城西北八十里古縣有又或
言秦始皇升以望海因曰望海臺未詳也按史記
漢武帝元朔二年封菑川懿王子劉賞為羱國又
東北注于海也

淄水出泰山萊蕪縣原山

淄水出縣西南山下世謂之原泉地理志曰原山
淄水所出故經原山之論矣淮南子曰水出自飴
山蓋山別名也東北流逕萊蕪谷屈而西北流逕
其縣故城南從征記曰城在萊蕪谷當路阻絕兩

（三）

十 古本《水经注》洧水篇书影

水經 卷之二十二

流入于潁水又逕慎縣故城南縣故楚邑白公
所居以拒吳春秋左傳哀公十六年吳人伐慎白
公敗之王莽之慎治也世祖建武中封劉賜爲慎
國潁水又東蜩蟟郭東俗謂之鄭城矣又東
南入于淮春秋昭公十二年楚子狩于州來次于
潁尾蓋潁水之會淮也

洧水出河南密縣西南馬領山

水出上下亦言出潁川陽城山在陽城縣之東
北蓋馬領之統目焉淯水東南流逕一故臺南俗
謂之陽子臺又東逕馬領塢北在山上塢下泉流
北注亦謂洧別源也而入于洧水洧東注綏水
會馬水出方山綏谿卽山海經所謂浮戲之山也
東南流逕漢弘農太守張伯雅墓塋四周壘石爲
垣隅阿相降列於綏水之陰庚門表二石闕夾對
石獸於闕下冢前有石廟列植三碑碑云德字伯
雅河內密人也碑側樹兩石人有數石柱及諸石
獸矣舊引綏水南入塋城而爲池沼沼在丑地皆
蟾蟜吐水石隍承溜池之南又建石樓石廟前又
翼列諸獸但物謝時淪洞毀殆盡富而非義比
之浮雲況復此乎王孫士安斯爲達矣綏水又東

水經 卷之二十三

南流逕上郭亭南東南注洧水洧水又東襄荷水注
之水出北山子節谿亦謂之子節水東南流于洧
洧水又東會瀝滴水出深谿之側泉流丈餘懸
水散注故世士以瀝滴稱南流入洧水也

又東南過其縣南

洧水又東流南與承雲二水合俱出承雲山二源
雙導東南流注于洧世謂之東西承雲水洧水又
東微雲水注之水出微山東北流入于洧洧水又
逕密縣故城南春秋謂之新城左傳僖公六年會
諸侯伐鄭圍新密以鄭不時城也今縣城東門南
側有漢密令卓茂祠茂字子康南陽宛人溫仁寬
雅恭而有禮人有認其馬者茂與之曰若非公馬
幸至丞相府歸我遂挽車而去後馬主得馬謝而
還之任漢黃門郎遷密令舉而徵口無惡言教
化大行道不拾遺螟不入境百姓爲之立祠享祀
不輟矣洧水又左會瓖泉水水出王亭西北流注
于洧水又東南與馬關水合水出王亭西下東北
流歷馬關謂之馬關水又東北注于洧水又東
逕雲爲塢西側塢東南流塢側有水懸流趣塢一
合武定水水出北武定岡西南流又屈而東南流

（一）

匹有餘直注澗下淪積成淵嬉遊者矚望奇爲佳
觀俗人觀此水挂于塢側逐目之爲零鳥水東南
流入于洧洧水又東與虎牘山水發南山虎
牘谿東北流入洧洧水又東南赤澗水合水出
武定岡東南流逕皇臺岡下又歷岡東東南流注
于洧洧水又東南流滑水注之洧水又東南逕鄶
城南世本曰陸終娶于鬼方氏之妹謂之女嬇是
生六子孕三年啟其左脅三人出焉破其右脅三
人出焉其四曰求言是爲之鄶鄶人者是也鄶
桓公問於史伯曰王室多難予安逃死史伯曰

水經　卷之三十一

號鄶公之民遷號鄶獻十邑焉
劉禎云鄶在潁州外方之北北鄰於鄶號榮之南
左濟右洛居鄶兩水之間食溱洧焉徐廣曰鄶
在宻縣妘姓矣不得在外方之北也洧水又東逕
陰坂北水有梁焉俗謂是濟爲參辰口而還是也
九年晉伐鄭濟于陰阪次于陰口而還是也杜預
曰陰坂洧津也服虔曰登南日陰口者水口也參
陰聲相近蓋傳呼之謬耳入晉居商參之分實沈
之上郏虎辰火之野關伯之地軍師所次故濟得
其名也

又東過鄭縣南鄶水從西北來注之
洧水又東逕新鄭城故城中左傳襄公元年晉韓厥
荀偃帥諸疾伐鄶入其郛敗其徒兵於洧上是也
竹書紀年晉文侯二年同惠王子多父伐鄶克之
乃居鄭父之丘名曰鄶是曰桓公皇甫士安帝
王世紀云或言新鄭縣故有熊氏之墟黃帝之所都也
鄭氏徒居之故曰新鄭奕城內有貴祠曰章乘
是也洧水又東爲洧淵春秋傳曰龍闕于時門
之外洧淵則此洧潭也今洧水自鄭城西北入而東
南流逕鄭城南之南門內舊外蛇與內蛇鬥內

水經　卷之三十二

蛇灰六年大夫傅瑕役鄭子入厲公自是徵也水
南有鄶公望毋臺莊姜惡公寢生與叚京叚
不弟姜氏無訓焉大隧之賦洩洩之慈有嘉融融之孝得
常矣洧水又東與黃水合經所謂溮水非也黃水
出太山南黃泉東南流逕華城西史記伯謂鄭桓公
曰華君之土也韋昭曰華陽國名矣史記秦耶王三
十三年白起攻魏拔華陽走芒卯斬首十五萬司
馬彪曰華陽亭名在宻縣嵇叔夜常采藥於山澤

（二）

水經 ▲卷之二十二

學琴於古人卽此亭也黃水東南流又與上水合
水出兩塘中一源兩分泉流沠別東爲七虎澗水
西流卽是水其水西南流注于黃水黃郡春秋
之所謂黃壁也故杜預云苑陵縣西有黃水者也
又東南流水側有二臺也謂之績粟臺東卽二
水之會也故捕章山水注之水出東捕章山西流
于黃水又南至鄭城北入黃水
黃溝水出捕章山東至鄭城東北轉於城之東北與
黃水又東南逕龍淵泉東南七里溝水注之水出
隄候亭東南平地東注又屈而南流逕升城東又

其南歷燭城西卽鄭大夫燭之武邑也又南流注
于浦水也
又東南過長社縣北
洧水東南流南濮北濮二水入爲洧水又東與
龍淵水合水出長社縣西北有故溝上承洧水水
盛則通注龍淵水減則津渠輟流其瀆南北
注東轉爲淵渌水平潭清澈俯視游魚類若
乘空矣所謂淵無潛鱗也又東逕長社縣故城北
鄭之長葛邑也春秋隱公五年宋人伐鄭圍長葛
是也後社樹暴長故曰長社魏潁川郡治也余以

水經 ▲卷之二十二

景明中出宰兹郡於南城西側修立客館版築旣
興於土下得一樹根甚壯大疑是故社怪長纍茂
者也稽之故說縣無龍淵水名蓋出近世矣京相
璠春秋土地名曰長社北界有栗水但是水導於
皇蕢之中非北界之所謂又按京社地名並云長
社縣北有長葛鄉斯乃縣徙于南矣然則是水卽
鄭故東次于柰澤者也栗水又東南逕柰城北左傳所謂楚子伐
又東南分爲二水也其枝水東北流注沙一水東
逕許昌縣故許南國也羮姓四岳之後矣穆天子
傳所謂天子見許男于洧上者也漢章帝建初四
年更封馬光爲羮國春秋助期曰漢以許昌失天
下及魏承漢歷逐改名許昌也城內有景福殿基
魏明帝太和中造准價八百餘萬洧水又東入汶
倉城內俗以是水爲汶故有汶倉之名非也蓋
洧之邸閣耳洧水又東逕隱陵縣故城南李帝
曰六國爲安陵也昔秦求易地唐且受使於此亭漢
高帝十二年封都尉諸滯爲羮國王莽更名左亭
洧水又東隱陵陂水注之水出隱陵南陂東西南
流注于洧水也

（三）

又東南過新汲縣東北

洧水自隱陵東逕桐丘南俗謂之天井陵又曰岡
非也洧水又屈而南流流水上有梁謂之桐門橋
藉桐丘以取稱亦言取桐門亭而目焉然不知亭
之所在未之詳也洧水又東南逕桐丘城春秋左
傳莊公二十八年楚伐鄭鄭人將奔桐丘即此城
也杜預春秋釋地曰潁川許昌縣東北京相璠曰
鄭地也今圖無而城見存西南去許昌故城可三
十五里西面桐丘其城邪長而不方蓋憑丘之稱即

水經 卷之二十二

防世俗名之曰隄其城南郾長隄因洧水之
城之名矣洧水又東逕新汲縣故城北漢宣帝神
雀二年置于許之汲鄉曲洧城以河內有汲縣故
加新也漢宣帝建初四年封執金吾馬光為族
城在洧水南隄上又東洧水右迤為滮陂洧水又
逕匡城南扶溝之匡亭也又東洧水左迤為鴨子
陂也謂之大宛口也

又東南過茅城邑之東北
洧水自宛口東南逕洧陽城西南逕茅城東北又
南左合康溝溝水上承洧水於大宛口東北枝分
東逕洧陽故城南俗謂之復陽城非也蓋洧復字

潁音讒孌漢建安中封司空祭酒郭奉孝為族國
其水又東南為鴨子陂陂廣二十五里餘波南入
甲庚溝西注又東北瀉沙洧水又南逕一故城西
世謂之思鄉城西去洧十五里洧水又右合潼陂
水上承洧水新波縣南逕新汲故城東又南積而
為陂陂之西北即長舍城陂水東翼洧隄西面茅
邑自城北門列築昆道迄於此岡世尚謂之茅岡
即經所謂茅邑地也陂水北出東入洧津西納北
異流

又東過習陽城西折入于潁

水經 卷之二十二

洧水又東南逕辰亭東俗謂之田城非也蓋田辰
聲相近洧亭音韻聯故也經書嚳宣公十一年楚
子陳矦鄭伯盟于辰陵也京相璠曰潁川長平有
故辰亭鄭伯預曰長平縣東南有辰亭今此城在長
平城西平城在東南辰里南北五
耳長平東南淋陂北畔有一阜東西減里南平五
十許步俗謂之新亭臺又疑是杜氏所謂辰亭而
未之詳也洧水又南逕長平縣故城西王莽之長
正也洧水又南分為二水枝水東出謂之五梁溝
逕習陽城北又東逕楮丘南丘上有故城郡國志

（四）

曰長平故屬汝南縣有褚丘城即此城也又東逕
長平城南東注潧陂洧水南出謂之雞籠水故水
會有籠口之名洧河水又東逕習陽城西西南折
入潁地理志曰洧水東南至長平縣入潁者也

溟水出河南密縣大騩山

大騩即具茨山也黃帝登具茨之山升于洪堤上
受神芝圖于黃蓋童子即是山也谿水出其阿而
流爲陂俗謂之玉女池東逕陘山比史記魏襄王
六年敗楚于陘山者也山上有鄭祭仲冢冢西有
子產墓累石爲方墳墳東有廟並東北向鄭城杜

（五）

213

十一　古本《水经注》泚水篇书影

泚水出泚陽東北太胡山東南流逕其縣南泚水從

南來注之

太胡山在泚陽北如東三十餘里廣員五六十里

張衡賦南都所謂天封太胡者也應劭曰泚水出

泚陽縣東入蔡經云泄水從南來注之然泚陽無

泄水蓋惈引之壽春泚此耳以延昌四年蒙除

東荊州刺史治泚陽縣故城城南有蔡水出南

磐石山故亦曰磐石川西北流注于泚非泄水也

吕氏春秋曰齊令章子與韓魏攻荆荆使唐蔑應

之夾泚而軍欲視水之淺溪荆人射之而莫知也

水經　卷之三十九

有菡者曰兵盛則水淺矣章子夜縳之斬蔑於是

水之上也泚水又西澳水注之水北出泚丘丘山東

流屈而南轉又南入于泚水按山海經云澳水又

北入視不注泚水余按吕忱宇林及難字爾雅並

言澡水在泚陽脈其川流所謂診其水土津注宜

是藻水音藥也此泚水又西南歷長岡月城北舊此

水又會馬仁陂水出無陰北山泉流競湊水積

成湖蓋地百頃謂之馬仁陂陂水歷其縣下西南

塌之以溉田畤公私引列水流逕斷故瀆尚存泚

水又南逕會口與緒水枝津合泚水又南與澧水

會澧水源出于桐栢山與淮同源而別流西注故

亦謂水爲派水澧水西北流逕平氏縣故城東北

王莽更名其縣曰平善城內有南陽都鄉正衛彈

勒碑澧水又西北合澳水水出湖陽北山西流北

屈逕平氏城西爲水又西注泚水此

水自下亦通謂之爲派水昔漢光武破甄阜梁丘

賜於此泚水西南之於斯水也泚水又南澧二渠

出焉泚水又西南流謝水注之水出謝城北二源

微小至城漸大城周迴側水詩所謂申伯番番既

入于謝者也世祖建武十三年封樊重少子丹爲

（一）

謝陽侯即其國也然則是水即謝水也岸下溪淺
流徐平時人目之爲渟瀯水城成又以渟瀯爲目
非也其西城之舊棘陽縣治故城亦謂之棘陽城也
謝水又東南逕新都縣左注泚水又西南流逕新
都縣故城西王莽更之曰新林郡國志曰以爲新
野之東鄉故新都者也

又西至新野縣南入于沔

泚水於岡南西南流成在岡上泚水又西南與南
長坂門二水合其水東北出湖陽東隆出山之西
側有漢日南太守胡著碑子珎騎都尉尚湖陽長

水經 卷之卅 中

公主即光武之伯姊也廟堂皆以青石爲階陛廟
北有石堂珎之玄孫桂陽太守場以延熹四年遭
母憂於墓次立石祠勒銘于梁石宇傾頹而梁宇
無毀盛弘之以爲樊重之母畏雷室蓋傳疑之謬
也陸山南有一小山山級有兩石虎相對夾隧道
雖處蠻荒全無破毀作制甚工信爲妙矣世人因
謂之爲石虎山其水西南流逕湖陽縣故城南地
理志曰故蓼國也竹書紀年曰楚王會宋平于湖
陽者也夫東城中有二碑似是樊重碑悉載故更人
名司馬彪曰仲山甫封於樊因氏國焉爰自宅陽

水經第二十九

徙居湖陽能治田殖至三百頃起廬舍高樓連閣
波陂灌注竹木成林六畜放牧魚蠃梨菓檀棘桑
麻閉門成市兵弩器械貲至百萬其興工造作爲
無窮之巧不可言富擬封君世祖即位追爵敬侯詔
及之長安受業齋遂甚至世祖少歙歸外氏
湖陽爲重立廟置吏奉祠巡章陵常幸重墓其
水四周城隍瀩城之東南有若令樊萌中常侍樊安
碑城南有數碑無字又有石廟數間依于墓側棟
宇崩毀惟石壁而已亦不知誰之胄族矣其水南
入大湖湖陽之名縣藉茲而稱也湖水西南流

水經 卷之廿九 十五

又與湖陽諸陂散水合謂之板橋水又西南與醴
渠合又有趙渠注之二水上承派水南逕新都縣
故城東南瀆雙引南合板橋水板橋水又西南與
南長水會水上承唐子襄鄉諸陂散流也唐子陂
在唐子山西南有唐子亭漢光武自新野屠唐子
鄉殺湖陽尉於是地陂水淸溪光武後以爲神淵
西南流於新野縣與板橋水合西南注于泚水又
西南流注于沔水也

（二）

后 记

甲辰仲夏，书稿初成。在最后的校对和修改过程中，感到书的正文中尚有一些未尽之言，在此向读者朋友们再汇报几句。

其一，关于书的名称。众所周知，郦道元是北魏时期的官员、著名地理学家，但后世对他的家世和生平了解却很少。诸如他的祖先、故里、出生、仕途、足迹等问题，史书记载不详，有些甚至根本没有记载。于是，在郦道元身上，形成了或大或小的诸多谜团。正因如此，在写作之初，我曾考虑用《走近谜一般的郦道元》做书名。后来，通过征求出版社老师以及身边多位朋友的意见，经认真考虑，采用了如今的书名——《走近郦道元》。希望能够通过这部拙作，与读者朋友们一起走近郦道元，探寻他的家世之谜、故里之谜、出生之谜、仕途之谜……

其二，关于章节安排。本书共分为七章，分别是：第一章，从乐浪府君说起；第二章，北魏政坛常青树；第三章，道元的少年时代；第四章，初涉官场那些年；第五章，外放州郡留政声；第六章，国之有难思忠臣；第七章，身前身后任评说。其中，第一章写郦道元六世祖乐浪府君郦怀的身世，实则是为了交代清楚东晋五胡十六国时期复杂的历史背景，这样有利于读者更深入地了解郦道元生活的南北朝特别是北魏的社会政治环境。第二章写郦道元的父亲郦范，由一个给事东宫的小官一路成长为青州刺史、永宁侯的人生历程，实则是要通过郦范的经历再现彼时波诡云谲的北魏政坛形态，以及郦道元原生家庭的生活状态和氛围，进而为记述郦道元的性格与命运作铺垫。第三章写郦道元的出生及成长历程，特别是在青州以及在郦亭沟畔为父丁忧期间的所见、所闻、所学、所思，通过记述其青少年时期的人生经历，力求使读者能够真切地感受郦道元的人物性格以及人生观、价值观的形成轨迹。第四章写郦道元初入官场所经历的人物和事件，特别是通过记述郦道元跟随孝文帝南征北巡，以及在御史中尉李彪手下任治书侍御史期间的经历，强调初涉官场的郦道元在思想上受到的冲击和影响，进而为后续郦道元在官场的行为逻辑作铺垫。第五章写郦道元外放地方为官，先后担任冀州镇东府长史、颍川郡太守、鲁阳郡太守以及东荆州刺史的经历，凸显其为国为民、不畏权贵、执法如山、不徇私情的为政风格，进而为他的从政生涯立起一个鲜明的"标签"。第六章写郦道元被诬告免官赋闲十年后，又被重新起用，先后担任河南尹、御史中尉等要职，并在朝廷危难之际挺身而出，最终在关右大使任上壮烈殉国的经过。至此，郦道元的人生在高潮时戛然而止，怎不令后世人们为之扼腕叹息。本来郦道元的生平记述可以到此结束了，但我还是觉得缺少了一些东西，那就是总结评价一下郦道元的一生，特别是他对中国文化最了不起的贡献——撰写了千古名著《水经注》。当然，也包括后世对他的一些评价。为此，又增加了最后一章即第七章，评说一下郦道元的身前身后事。

其三，关于郦道元的几个历史谜团。一是郦道元六世祖乐浪府君郦怀的身世。查阅众多史料，基本上没有郦道元六世祖郦怀的生平资料。因此，只能在分析众多背景史料的前提下，从其家族的历史以及与慕容鲜卑几代人的关系中寻找答案。从目前掌握的资料来看，本书对乐浪府君郦怀的记述，应该是迄今为止国内最为详尽的分析和记载了，或许有疏漏和不当之处，诚恳地欢迎读者朋友们批评指正。二是郦道元故里之谜。一直以来，郦道元故里存在一些争议，这主要源于《水经注》中对乐浪府君迁居一事的记载。本人通过实地踏勘并结合本地历史、水利专家的意见，同时参阅了大量国内外专家学者的意见，较为清晰地阐明了郦道元故里和郦道元祖籍地之所在。具体为：郦道元的故里在今河北省高碑店市境内，郦道元祖居地即其六世祖迁居之前的居住地在今河北省涿州市境内。通过分析，在一定程度上澄清了存在争议的原因、争议的焦点以及合乎逻辑的答案，同时也为下一步的深入研究奠定了基础。三是郦道元出生年份的争议。关于郦道元出生于哪一年，郦学家们向来意见不一，可谓莫衷一是。本书在综合郦学家研究成果的基础上，从常识的角度，运用简单排除法提出了明确的观点，对于撰写一部传记而言，这也是必须做的事情。四是郦道元完整的仕途链条是怎样的？无论是史书中的记载还是《水经注》的记述，郦道元的仕途均没有完整的链条呈现。本书通过综合各种史料，完成了这一职务链条，即太傅掾—尚书主客郎中—尚书祠部郎中—治书侍御史—冀州镇东府长史—颍川郡太守—鲁阳郡太守—东荆州刺史—河南尹—御史中尉。对其任职年份及官阶品级也做了一些考证。由于个人水平以及资料所限，或许有不准确之处，愿与读者朋友们进一步商榷和探讨。

其四，关于三段提示性的记述。第一段是第二章第三节中提到的郦范曾被慕容白曜"表为青州刺史"一事。笔者以为该记载并不意味着郦范当时就成为青州刺史。首先，史书明确记载，魏军攻克东阳的时间是469年春，慕容白曜因功拜使持节、都督青齐东徐州诸军事、开府仪同三司、青州刺史、济南王。至470年返京被杀之前，慕容白曜一直担任青州刺史一职。虽然慕容白曜离职前上表推荐郦范为青州刺史，但以其随后被定罪冤杀的情况看，朝廷不太可能准其所奏。其次，一般担任青州刺史者都要加将军衔，但《魏书》记载，在"遂表为青州刺史，以抚新民"之后，并没有直接加将军衔，而是用"后进爵为侯，加冠军将军，迁尚书右丞"来记述。因此，从时间来看，郦范第一次赴青州任职青州刺史一事存疑。再次，北魏在太和官制改革前地方实行三主官制，因此郦范有可能与慕容白曜同时担任青州刺史一职。但若从二人先后回京的时间来分析，这种可能性也是比较小的。由于笔者对这一问题的研究难言深入，因此书中只是做了提示性的记述。第二段是第三章第一节中提到的郦道元生母一事。本人虽然注意到这一问题，也做了一些分析，但由于缺乏深入研究，也只能算是在此提示一下而已，希望得到更多专家学者的指教。第三段是第七章第三节关于郦道元足迹之谜。鉴于史书记载粗略，只能靠郦学家在对《水经注》研究的基础上做出判断，而我在这方面研究粗疏，因此在书中也只是概括性地提示一下，供读者朋友们参考，以期达到抛砖引玉之目的。

其五，有几句肺腑之语要说。虽然壮着胆子写了这本书，但我还是有自知之明之人，以自己的学识和能力，在诸多专家学者面前，确有班门弄斧之嫌。之所以能够完成此书的写作，要感谢许多帮助支持我的老师和朋友。中国社会科学院民族学与人类学专家揣振宇先生，在百忙之中不顾身体不适，帮助审阅稿件，其对文化的热爱以及对历史的敬重令我十分感动；保定学院文博学院崔玉谦教授，从专业角度给予了很好的指导并拨冗为本书作序；中国文史出版社的徐玉霞老师，为本书的写作及出版发行工作提出了非常中肯的指导意见；督亢文化研究会会长张润兴先生一直关注本书的创作，并多方面给予支持和鼓励；高碑店市作家协会主席高博艺先生为本书的装帧设计付出了大量心血。此外，为本书创作提供帮助的朋友还有很多，因篇幅所限，就不一一列举了。在此，本人特向所有鼓励、支持和帮助本书创作的老师和朋友们致以衷心的感谢，谢谢大家！

景元平 谨识

2024年仲夏